Antonius Gigas

Carmina Antonii Gigantis Forosemproniensis Exametra, elegiaca, lyrica, et hendecasyllaba

Antonius Gigas

Carmina Antonii Gigantis Forosemproniensis Exametra, elegiaca, lyrica, et hendecasyllaba

ISBN/EAN: 9783742821157

Manufactured in Europe, USA, Canada, Australia, Japa

Cover: Foto ©Andreas Hilbeck / pixelio.de

Manufactured and distributed by brebook publishing software (www.brebook.com)

Antonius Gigas

Carmina Antonii Gigantis Forosemproniensis Exametra, elegiaca, lyrica, et hendecasyllaba

CARMINA
ANTONII
GIGANTIS
FOROSEMPRONIENSIS

EXAMETRA,

ELEGIACA,

LYRICA, &

· HENDECASYLLABA.

Bononiae, apud Ioannem Rossium. M D X C V.

Curiae Archiepisc. & S. Inquisit. concessu.

AD

ILLVSTREM VIRVM,

ET EXCELLENTISSIMVM
IVRISCONSVL.

ANGELVM
SPANNOCCHIVM
SENENSEM,

In Gymnaſio Bononienſi Primarium
Lectorem

ANTONIVS GIGAS.

Vm nimium cautus, timidusuè,
bone ANGELE, rebar
Me benè carminibus conſu-
luiſſe meis:
Subuereor, dura nimium cer -
uice reluctans
Ne fuerim monitis, conſi-
lijsq́; tuis.
Namq; mihi ſat erat, penitus poſt funera mecum
Obſcura ſi non obruerentur humo.

A 2   Atq;

Atq; ideo Senis tutò feruanda locaram
   Mufæo in nitido, noftri & amante domo.
Tu verò cenfes, ea non indigna videri,
   Quae vulgo iam nunc edita quifq; legat:
Ne dum alijs etiam quæ notificentur amicis,
   Siue illi nobis fint propè, fiue procul.
Hifcere iam contra nıl audeo; tantus & ipfe
   Auctor es, & tanti funt tua verba mihi.
Aufpicijs en ergo tuis in luminis auras
   Procedunt: pergas illa fouere, precor.
Aft ò ne pigeat te confuluiffe clienti,
   Quod non æquè omnis lector vbiq; probet.
Me certè, quòd fim talis confulta patroni
   Amplexus, nemo carpere iure queat.

AD PERILLVSTREM.
HIPPOLYTVM
AVGVSTINIVM
SENENSEM
Caldanae Dominum, ac Militiae S. Stephani
in Patria Baliuum

ANTONIVS GIGAS.

VALI pauper opum, fed mul-
tae prolis abundans,
Iam fenior natis profpicit arte
pater:
Quorum aliquem ingenuae
tactum virtutis amore,
Ne vitam obfcuro fub lare de-
gat iners;
Culturae, obfequioq; dicat locupletis amici,
Vt fibi praefidium comparet, atq; decus.
HIPPOLYTE illuftris, tali hunc ego mente libellum
Mî catum ante alios, dono, dicoq; tibi.
Ingenij foetus natorum nomine nofti

Di-

Dignari, & partus quenq; fouere fuos.
Ipfe etiam hunc genui, donec melioribus annis
  Congreffum haud renuit cafta Thalia meum.
Aft eadem nunc me, canos exofa capillos,
  Torpentem & calamū, iam tremulamq; manum,
Negligit. hinc foboles quo fefe tuta receptet,
  Quandocunq; mea deftituatur ope,
Dum meditor: luftri vndecimi nam fine propinquo
  Haec animum (fateor) cura fubinde premit:
Vnus tu nobis occurris dulce leuamen,
  Atque tuo tandem eft parta in amore quies.
Hoc equidem bonitas fuadet fperare, fidesq;,
  Splendidaq; hofpitibus femper aperta domus.
Nempe quòd excipies laeto mea carmina vultu,
  Seruabisq; graui fulta patrocinio.
Non tamen vt Vatū haec inter monumenta reponas
  Pofcimus: haud mentem tanta cupido fubit.
Quin mihi fat fuerit, pluteo vt condantur in imo,
  Non fine laude locus te penes vllus erit.
O vtinam fic te Liber oblectare legentem
  Pofsit, Mufaeo vel decori effe tuo.
Mufaeo infigni omnigenis, quas maxima mittit
  India, vel Libye, vel nouus orbis opes.
Infigni & pictis tabulis, & marmore, & aere,
  Arte quod expolijt prifca, recensuè manus.
Singula fed multis nequeam ornamenta referre,
  Ne dum pagella ftringere cuncta breui.

                     Tam

Tam variae rerum Naturae, atq; artis in vnum
Congestae species tecta per ampla nitent.
Nec minus ornatus librorum, & copia, & ordo,
Magnifici, & culti dant animi indicium.
Quamquam nō omnis laudū est haec summa tuarū,
Fonte ab inexhausto nam tibi manat honos.
Cuius ad extremos interdum accedere riuos
Optaui, longa me stimulante siti.
Sed mage purgatis haustus tam nobilis vndae
Continget labijs munere Pieridum.
Quae cygnos etiam tibi alunt, sublime canendo
Laturos quondam nomen ad astra tuum.
Quorum ego si merear cantus audire superstes,
Supremum potero laetus obire diem.
Interea gaudebo tuis splendoribus, & te
Carmine si nequeo, corde, animoq; colam.

ANTONII GIGANTIS
FOROSEMPRONIENSIS
CARMINA EXAMETRA.

Ad LVDOVICVM BECCATELLVM Bononienſem
Raguſinorum Archiepiſcopum.

 ISDEM *te affari audemus, Pater*
optime, verbis,
Magnus Alexander quibus vti iu-
re ſolebat,
Tolleret eximium gratus cùm lau-
de magiſtrum:
Cui ſeſe plus, quàm debere parentibus ipſis,
Aiebat, quòd tantùm hi eſſe, ille bene eſſe dediſſet.
Nam ſi qua ingenuae mihi ineſt virtutis imago,
Poculaq́ Aonij ſi qua vnquam nectaris hauſi,
Acceptum hoc vni refero tibi ; ſi tamen ipſe
Tot pulchras inter pinus, laurosq́ virentes,
Queis tua felices cultura exornat agellos,
Creſcere ſilueſtris germen patiaris oliuae.
Quanquam ſi obnixo potuiſſem tendere curſu
Semper, & egregios non exhorrere labores ;
Te monſtrante viam, & verae exemplaria laudis ;

                           B   *Iam*

Iam nunc forte sacra Parnaßi tutus in arce
Conderer, aerij emensus fastigia montis,
Cuius iners adeò vix limina prima pererro.
Me mea culpa premat, meriti modò gloria tanti
Te maneat, famuli ingeniumq́, animumq́ labantem
Et studio, & cura aßidui excoluiße parentis,
Hacq́ ipsum ditaße tenus pro viribus vltrò.
Quamuis parua tuae hinc sumant exordia laudes,
Nec tibi me tantùm benefacto obstrinxeris vnum.
Vocibus haud dubijs nam plurima turba clientum,
Et longè acclamat mihi littoris ora Liburni;
Diues vbi magno Pastorem Epidaurus honore,
Sponte, diu, precibus multis, votisq́ cupitum,
Te colit, & gregibus praebentem pabula laeta,
Et nitidos fontes te grato praedicat ore.
Hae tibi semper erunt artes, quocunqne locorum
Romani te iußa Patris, summiq́ Senatus,
Aut sacrum munus, caelestisq́ aura vocabunt,
Quàm multos de te memores feciße merendo.
Carmine at haec olim forsan meliore canemus,
Nunc satis est, mentem accepti praeferre tenacem.

Ad

Ad LVDOVICVM PARISETVM Iuniorem
Regiensem.

PIERII Ludouice chori clariſſime cultor,
Si tibi adhuc animo obuerſatur forte Gigantis
    Nomen, & illius ni dedignare Thaliæ
Verſiculos legiſſe, tuam quæ numinis inſtar
Iampridem toto veneratur pectore muſam:
Hos lege conſcriptos in Prato nuper amoeno,
Quod Tuſcus rapidis Biſentius alluit vndis.
Primò vbi iam celebrem ſcriptis, & nomine notum
Te ſuit optanti mihi compellare facultas.
Hic me (qui tuus humanus, cupiduſq́ iuuandi
Eſt animus) gradibus lentis Helicona petentem
Vrſiſti placidis monitis, ac tuta viarum
Monſtraſti ſpatia, & quidnam vitare, ſequiúe
Conueniat ſacros audenti ſcandere montes.
Tunc ego ſic auidam admoui ſermonibus aurem,
Et doctas imo ſic hauſi pectore voces,
Vt ſitientis ager Libyae non ſiccior vnquam
Per medios aeſtus effuſum admiſerit imbrem.
Quin grates coràm, vt potui, tibi ſaepius egi,
Nec minus abſenti interdum me ſigna daturum
Promiſi, vt mecum tua quantum hortamina poſſent,
Perſpiceres, quamq́ ipſe tui non immemor eſſem.
Ecce autem, menſis dum praeterit vnus, & alter,
    Promiſſi reus in quintum iam deferor annum.

B. 2   Nae

Nae mala segnities, consuetis nescia pelli
Sedibus, inuitum officio me deesse coëgit.
Erraui, fateor, mendaxá̧ redarguor. at tu
Ignosce, & facilis, precor, obliuiscere culpam.
Nec serum potius calamum, segnemá̧ Camoenam
Incuses, quàm me reputes haud vana locutum,
Cùm nullo immemorem despondi tempore mentem.
Namq; eadem mihi semper erit, nec inertia mollis,
Nec longinqua loci, vel temporis interualla
Inde tuum poterunt vnquam diuellere nomen.
Nunc quid agam, si scire cupis, vel noscere curas,
Iisdem me oblector studijs, ijsdemá̧ libellis,
Conclaui quos ipse meo versare solebas
Saepius, atque mihi ante oculos praeferre legendos.
Praecipuè tamen altiloqui me musa Maronis
Detinet, iná̧ dies animo se pulchrior offert,
Thesaurosá̧ aperit, dites quibus India merces
Non queat, aut aurum, aut gemmas conferre nitētes:
Cuius ego à teneris formam admirarier annis,
  Et colere ante alias assueui; at vera fatebor,
Hactenus eximium non inspexisse decorem,
Quo summo illa pedes à vertice splendet ad imos:
O te felicem, dio cui nectar ab ore
Libare, & fas est altos cognoscere sensus,
Scilicet & tantae cantus audire Camoenae,
Quorum vix tenuis nobis allabitur aura.
Est mihi praeterea curarum dulce leuamen

Te-

Testudo, haud ignota quidem tibi, nec rudis illa
Artificis fabricata manu, sed pectine digna,
Cui magis ornatos numeros inspiret Apollo.
Sed neque sic animum diuini carmina Vatis
Delectant, neq; sic citharae sonus excitat aures,
Patroni ʋt suadela mei, & doctissima ʋerba;
Quae bene tu nosti, & quorum me longior ʋsus
Iam magis atque magis sitientem reddit, ut haustu
Expleri nequeam, siue ille recenseat omnem
Temporis exacti seriem bellia̧, togaeq̧
Plurima quae prudens oculis percepit, & aure,
Protinus & memori percurrit mente legendo.
Siue sacros libeat Sophiae recludere fontes,
Et mire ignotas rerum perquirere caussas.
Seu caeli tractus, & caelo errantia dicat
Sidera, terrarumq̧ situs, & nomina monstret.
Siue arcana Dei, & leges (quae maxima laus est)
Explicet, atque pios cultus, & mystica sacra.
Tu ʋero mi docte Pater, iam tempore ab illo,
Quo patriam hinc parua cum nata, & coniuge abisti,
Quidnam agis? an'ne omnes sani, recteq; ʋalentes
Viuitis? egregio quid dignum Musa cothurno
Panxit adhuc? quidue illa tibi nunc sedula dictat?
Cui tot magna dedit, pulcher negat ocia Phoebus.
Num forte oppressos dudum meditare tumultus,
Impiae et excidium gentis, quae Gallica regna
Obnixe toties sceleratis miscuit armis?

Num

Num'ne etiam illuſtres longum meditariu in aeuum
Aeternare Viros, quos inclyta Gallia fortes
Vltores armat pro Chriſti nomine, & aris,
Nec non pro Caroli ſacro diademate Regis ?
Et quos ingenti tactos pietatis amore
Itala in auxilium tellus, & Iberia miſit ?
Siue hoc, ſiue aliud doctis intexere chartis
  Inſtituis, coepta Aonides, ac Vota ſecundent.
Ne tamen à ſtudijs pigeat ſeiungere partem
Temporis exiguam, Vt dulci me carmine dignes,
Edoceasq́ ſtatum rerum, Pariſete, tuarum.
Quòd ſi nulla mei tangit te cura, patrono
Obſequere, haec eadem de te cognoſcere auenti,
Qui tibi me multam iubet impertire ſalutem.

LVDOVICI PARISETI Iun. Ad ANTONIVM
GIGANTEM.

ESSĒ Giganteum cùm te perpendo, videtur
      Haud quaquam mirum, ſi tu ſublime canendo
      Affectes caelum, & diuos ſuperare Poetas
Scribendo moliris, inis cognomine dignum
Effectum: robur magnum, viresq́ potentes
Eloquij oſtendis: veluti ſuperare Gigantes
Corporea reliquos perhibentur mole, canendi
Viribus exuperas ſic tu quoſcunque Poetas,
Qui noſtra celebres hac tempeſtate feruntur.
Tolleris Vt famam in caelum, grandiq́ Gigantem
                                                    Nomi-

Nomine te praestas: sic religione calere
Te vellem tanta, tanta & pietate teneri;
Vt caelum appeteres, caeloq́ inferre Gigantem
Te vi tentares lata; te molibus vnà
Congestis tribus in caelum sustollere quibis:
Et poteris, firmata fide si machina crescat:
Mole spei, & culmen capiat charitatis, in altum
Te ferre, & superato omni descrimine caelum
Scandere, quod prisci iam non potuere Gigantes
Montibus aggestis conscendere: quibis in illud
Omninò te ferre Gigas, si montibus vsus
His planè fueris, charitate videlicet, & spe,
Atque fide: si vi cumulandis montibus istis
Praecipua institeris: caeli superare petendi
Difficiles quascunque vias sic quiueris ipse:
Vim patitur caelum, caelum violenter initur.
Namque per affectus contusos corporis, & per
Coniectos sensus in vincula, perq́ redactam
Hanc in contemptum vitam via panditur, & ui
Illata caelum recluditur: arcta patescit
Ianua, & expugnata aditum subeuntibus vltrò
Permittit. Sic te caelum affectare Gigantem
Optarem: sic te positis affectibus huius
Et vitae, & mundi cuperem violenter agentem,
Atque giganteo pugnantem robore, caelum
Aggredi, & aetheream pugnando viriliter arcem
Consequi, & aeternam caeli tibi quaerere sedem.

Ni

Ni profligato vitae praesentis amore
Huius , & affectu mundi violenter abacto,
Spe, charitate, fide fueris subnixus , & hisce
Molibus instructis fueris sublatus : in altum
Scandendi, & caeli subeundi cedet inanis
Conatus, vanoq, exibit futilis ausu :
Nec secus, ac priscos fiducia caeca gigantes,
Te frustrabit , & expertem te deniq; fructus
Arguet in vanis studijs triuisse laborem.

Ad LVDOVICVM PARISETVM Iuniorem
Regiensem.

SIc me Christus amet , trepidamq́ in fine supremo
Hanc animā ab rigido clemens sibi vendicet hoste:
Vt, Parisete, tuum mihi doctum, et amabile carmen
Vitae adeò ingentes aeternae exciuit amores ,
Vt quicquid studio pridem sectabar inani ,
Respuere incipiam iam nunc , & pendere parui .
Quas igitur grates tibi tanto munere dignas
Aut dicam, aut referam? veri nam functus amici
Officio, ut par est , seruasti prorsus amicum .
Dum tu fucato medicamine nescius uti ,
Interius condi ferrum , resecandaq́ censes
Vlcera; vt insanos mens scilicet exuat omnes
Affectus, quibus, aduersis ceu nauis ab undis ,
Huc illuc rapitur , nec sede quiescere certa
Est potis : immotam nisi fortior anchora firmet .

Quam

Quam non poße alio religari in littore senſi
Vix tandem, quàm quo Chriſtus ſpatiatur, & alt.
Aduocat importum fluitantes æquore nautas .
Quò tua me poſthac certum eſt exempla ſequentem
Curſam dirigere, & curarum turbine nullo
Inde referre pedem. quin læta voce profari
Iam libet , Illecebrae mundi procul eſte procaces ,
Nil mihi vobiſcum, iam vos, & veſtra peroſus
Deſpicio , ac ſtudij capior melioris amore .
Talia nunc equidem ſub te, Ludouice, magiſtro
Proferre audebo: tantum tua ſcripta legendo
Tollor humo, & ſolùm vera, atq; decentia curo .
At tibi pro tali largè pietate rependat
Praemia Caelicolùm rex, eius numina quando
Tantopere ipſe colis, nec non ſermone diſerto
Inuitas alios, merito ut venerentur honore .
O me felicem, ſi docto excerpere ab ore
Colloquia interdum coràm, & præcepta liceret.
Sed poſtquam longis diſpeſcimur internallis ,
Ne, quæſo, dilecte pater, cùm forte vacabis ,
Dedignere tuis me compellare tabellis ,
Vt maiora meis calcaria curſibus addas .
Interea, vt valeas, cura , Antoniq́ memento ,
Quo tibi non vſquam viuit mage deditus alter:
Illuſtris quamuis virtutum fama tuarum
Longinquas latè ſeſe diffundat in oras .

C   *Quam*

In Diuum NICOLAVM MYRAE Episcopum, & Confessorem.

QVAM celebrare diem primis assueuimus annis,
Laudibus hanc etiam cumulet maturior ætas,
Nicoleoq́; sacro festum veneremur honore.
Nam puer incinctus frondenti tempora lauro,
(Quàm meminisse iuuat) tenera comitante caterua,
Ardentes gestare faces, & ducere pompas
Gaudebam, & clarè ante aras dictata referre
Carmina. multiplici delubrum voce replebant
Fundentes puro socij de pectore laudes.
Ast ego diuinam illius longo ordine vitam
Enarrans, loculos memorabam nocte silenti
Aere graues inopis iactos in tecta parentis,
Virginei dotes, ac tutamenta pudoris.
Atq; adeò vt Christi normã, & præcepta sequendo
Esset opes cunctas vltrò impertitus egenis.
Vtq́; Dei monitis Patarensi à sede profectum
Magno illum populus Myrae excepisset honore.
Quamq́; piè in terris persungens munere sacro
Christicolas opere assiduus iuuisset, & ore.
Tum saeuo innumeros seruatos aequore nautas,
In portumq́; rates medijs è fluctibus actas
Incolumes Diui auxilio praesente, canebam.
Et quae multa bonus numeris comprensa magister
Iusserat edisci, ac reddi inter sacra quotannis.

                                                        At

At quas, sancte Pater, dignas nunc dicere laudes,
Aggrediar? vel quo te carmine compellabo?
Omnia tunc meliora fuere, & carmina doctor
Optima condebat Panaetius, optimus ipse.
Atq; ego tunc saltem liquidos è gutture cantus
Promebam, & casto obsequio tua templa subibam.
Nunc iucundus abest vocis sonus, illaq́ pridem
Carmina sunt oblita. nouos sed fingere versus
Qualescunq; mea auderet fortasse camoena.
Verùm animi virtus deest, & syncera voluntas,
Qua Deus in primis inter solennia sacra,
Et vos caelestes ánimae gaudere soletis.
Ergò hinc Diue tuas adeo nunc cernuus aras,
Et supplex posco, vt regem stellantis olympi
Exores veniam mihi vitae ignauiter actae,
Ac menti vt priscum reddat pietatis amorem.
Hei mihi, praeteritos recolo si conscius annos,
Siue recens duro impressas in pectore sordes,
Horresco, & dira interius me cura remordet.
Tu modò, tu caelo, Antistes Sanctissime, ab alto
Affer opem, ac precibus pro me potioribus insta.
Solicitae hanc animae dotem impertire benignus,
Daemonis vt vafri illecebras exosa, pudicè
Viuere amet, studijsq́ operam iam nauet honestis.
Ne quaeso, ne me in tantis patiare periclis
Destitui, & rapidis rerum demergier vndis.
Namq; aliàs supero prospexi è littore nunquam,

C 2 Aut

Ludouicus
Panaetius
Fanensis
praece-
ptor me*.

Aut ex Illyrij scopulis, surgentibus austro
Fluctibus, Adriaco iactatas aequore naues
Aequè, ac me infestae iactant hinc inde procellae:
Harum oculus tristem faciem caligine mersus
Non videt, & surdae nequeunt audire fragorem
Auriculae; ast animus iampridem sentit, & horret,
Ac sessus tandem exoptat se condere portu.
Illuc te rectore, precor, me lenior aura
Deducat, dexterá, meis iam cursibus adsis:
Vt noua deinde tuis templis votiua Tabella
Pendeat, instauremá memor tibi sacra quotannis:

Ad Io. Baptistam Bovium Presbyterum Regienfem.

QVID me, care Bovi, toto hoc Septébre manentê
Ruri egisse putas? vacuum num semper apricos
Per colles, & amoena vireta, & mollia prata
Censes errauisse, libros, ac dulcia Musae
Alloquia exosum? non hoc me tempore tanta
Segnities cepit: terere haud sic otia magnus
Me meus edocuit dominus, nec tale sequendum
Exemplum de se mihi praebet: nam grauis annis
Nunc etiam legit assiduè, solius auarus
Temporis, & cultis mandat quàmplurima chartis,
Quae praesens, & ventura admirabitur aetas.
Ipse igitur tanti ducis, etsi passibus aegris,
Optima sectando vestigia, me quoque doctis

Prisco-

Priscorum scriptis oblecto, conor, & inde
Non solùm exhaurire sonum, dulcemq́ leporem
Verborum libare, auidas qui mulceat aures;
Sed studeo, vt solidas animus sibi comparet escas,
Quae modò sufficiant, senij & seruentur in annos.
Non etenim hoc contrà fas, aut caelestia iussa
Solicitat studium mortales, si qua senectae
Subsidia antè diu seponant. non ego multa
Iugera discupio (caelesti gratia Regi,
Hac qui me scabie purgauit, itemq́ Patrono
Gratia magna meo, cuius mihi dextera parco
Prospexit largè) sed curam hanc totus in vnam
Incumbo, vt sensus exuti affectibus almae
Imperium rationis ament, dominamq́ volentes
Agnoscant; & quò deduxerit ipsa, sequantur.
Nimirum dilecte B O V I, illa immania monstra,
Quae quondam Herculea vi perdomita esse feruntur,
Insanos dicam affectus, sensusq́ rebelles.
Quidnam aliud Nemeae rabies compressa Leonis
Arguit, humani effraenam nisi pectoris iram?
Quidue Erymantheus sus praeseferre videtur,
Impuram nisi luxuriem, moresq́ nefandos?
Aurea item aeripedis quid signant cornua Cerui?
Auri nempe famem. reliquos sic ipse labores
Herculis expende, & seriem certo ordine longam
Agnosces vitiorum ; multis quae ille periclis
Dum superàt, decus emeruit, famamq́ perennem.
Nae ma-

Nae magna eſt hominum ſocordia, delitiarum
   Qui in medio poſiti, tantorum arcere furorem
   Monſtrorum ſe poſſe putant, & degere vitam
   Laudibus aeternis dignam. non talibus vnquam
   Auſpicijs atrox ceſſiſſet bellua Lernæ,
   Non ipſa Hippolyte, triplici non Cerberus ore.
Non igitur mirum, ſi ſerpere tanta per orbem
   Portenta inſpicimus: rurſum fimus occupat ampla
   Augiae ſtabula, & ſceleris ſunt omnia plena .
   Iam nemo rectas audit rationis habenas;
   Verùm quò venter trahit, ac vitioſa libido,
   Infraeni ferimur. falſis qui vocibus aures
   Implerit vulgi, hunc plauſu turba excipit omnis,
   Huncq́ ducem ſequitur (ſi dijs placet) atq; ſacrorum
   Doctorem auſcultat; ſanctorum at dogmata patrum,
   Et priſcos ritus, & religionis honorem
   Inuertens, geſtit quiduis patrare nefaſti.
Ac tibi ne videar ſatyram incoepiſſe, querendi haec
   Iam finem faciam; quamuis tecum omnia fari
   Auſim, nec te aliter credam ſentire: ſed vnde
   Digreſſus noſter ſermo eſt, referatur eòdem.
   Noſti igitur, quæ ſit potior mihi cura, laborq́,
   Et quales, quantosq́ hoſtes deuincere nitar,
   Nec dulci ſine ſpe, vt victoria læta ſequatur
   Viribus haud quaquam proprijs, aut artibus vllis
   Fidentem, ſed ope excelſi rectoris olympi,
   Illius, immenſo qui quondam tactus amore
                       Sedibus

Sedibus è summis oras descendit in imas
Terrarum, vt saeui è manibus, vinclisq́ Tyranni
Humanum genus eriperet, caeloq́ referret.
Nunc tu quod poteris duris in rebus amico
 Vel monitis, vel consilio prodesse fideli,
 Care B O V I, absenti longis perscribe tabellis;
 Aut meditare (breui quoniam veniemus ad Vrbem)
 Quae super his coràm iubeas sermone diserto:
 Nam tua permagni facio dulcissima verba,
 Quippe ea, quae puro noui de pectore prompta,
 Vnde, & fucus abest, hominum deterrima pestis.
 Tum doctrina tibi, & probitas, & longior vsus
 Plurima suppeditant, vt, quae mala nauiter ipse
 Euitasti, alijs possis iam ritè cauere.
Id verò inprimis te impensè oramus, vt aras
 Quandocunq; Deo facturus sacra subibis,
 Illum suppliciter poscas, ne nos sinat vlla
 Terreri hostili facie, sed protegat alto
 Auxilio, & nostras dextro spes numine firmet.

Ad LAVRENTIVM IACOMINIVM
TEBALDVCCIVM.

LAVRENTI, insolito quem pulcher Phoebus amore
 Diligit; & magnos cui iam designat honores:
 Si rude purgatas hoc mittere carmen ad aures,
 Et me te absentem audet compellare Thalia,
 Ne tibi sit mirum, ignotam nec despice musam.

Quin

Quin magis hinc vires virtutum agnosce tuarum ;
Quas non is tantùm, qui praesens spectat, & audit
Te, dulcesq́ tuae numeros, cantusq́ Camoenae,
Suspicit, & summis in Caelum laudibus effert ;
Sed quicunq; tuas dotes fama excipit absens,
Te colit, ac miro tibi se deuincit amore.
Atq; equidem ipse tuum cum iam laetabar ybiq;
Ingenium, & mores yno laudarier ore :
Tum verò vt licuit te coràm cernere, & vnd
Affari: canam mentem iuuenilibus annis,
Verbaq́ mirabar dulci perfusa lepore.
Inde subire animum tua saepius inclyta virtus ;
Sicq́ tuum nobis haerère in pectore nomen,
Vt non vlla ynquam delere obliuia possint.
Nunc te ynum hoc oro, quando interualla locorum
Visere te, & viuas voces audire vetabunt,
Vt me carminibus, tibi quae pulcherrima dictat
Cynthius, interdum dignes; si munere tanto
Virtutis species potis est me reddere dignum.

LAVRENTII IACOMINII TEBALDVCCII
Ad ANTONIVM GIGANTEM.

QVIS superum tantum numen diuinitus ori
Afflauit? sacer hic spiritus ynde tibi ?
O te felicem nimium, quem lumine vidit
Nascentem placido summus Apollo Deùm ;
Exceptum gremio quem molli aluere fouentes,

Panden-

Pandentefque iuga florea Pierides .
Virtutem cur ergo tuam ignotam effe vereris ,
Abditam & in tenebris poffe latere putas;
Si Dijs tam carus , clarum fi nomen in omnes
Oras extendit candida Mufa tuum?
Mira fcripta arte, & diuino ornata lepore
Carmina, cur nobis defpicienda times?
Cur quoque me inuitas, atque in certamina cantu
Non aequis dijs, nec Viribus ipfe vccas?
Aequali curfu Volitantem flamine curfum
Non valet heu premere cymbula littus amans .
Obftant fata mihi, nullo Fortuna labori
Afpirat, fautor nullus adeftque Deus .
Lactauit mentem, falfa & delufit Apollo
Spe, nunc neglectus perfuga reijcior ;
Ni ille tuis precibus, nimio es cui carus amore ,
Adductus, mihi nunc adfit, opemáfrat.

In obitu PAVLI ROSSII Florentini,
Militis Hierofolymitani.

QVIS triftes Floræ lacrymas,quis deneget Arno?
Dum tali infignem natum probitate, bonisáfz
Artibus extinctum flentes, hinc illa nitentem
Dilaniata comam, queftus effundit in auras ;
Hinc rauco ille gemit fremitu; voluitáfz tumentes
Coniugis, & proprijs iam maior fletibus vndas?

D   Tu

Tu mihi Melpomene lugubres praecipe cantus,
Quos referam moestas magnae genitricis ad aures;
Nam largos dolor ipse oculis, ac triste feretrum
Sufficient luctus, nec non suspiria reddet
Contactum molli pietatis imagine pectus.
Occidit ille quidem tibi flebilis ah pia mater,
Quandoquidem tantis, ac tot virtutibus auctum
Annorum series vix longa reponet alumnum.
Hunc verò quanquam maturior abstulit aetas,
Attamen vnus erat dignus, qui Nestoris annos
Vinceret, aeternùm quando mortalibus aeuum
Fata negant, omneś manet violentia mortis.
Vel tibi conspectu saltem satiasset ocellos,
Quo sors ante diu te defraudarat iniqua.
Verúm vbi post varios casus, ac mille labores
Exceptum gremio tecum retinere putabas,
Illius & sermone frui, & dulcedine musae;
Letheae ex oculis subitò eripuere procellae,
Quò mage tristis habet nunc te luctusq́, dolorq́.
Non tamen hoc solam te lamentabile funus
Angit; namq; tuos iam commiserata dolores
Italia extremis longè deplorat ab oris.
Praesertim quibus antè viri fuit inclyta virtus
Aut perspecta domi, aut duri in certamine Martis:
Quiq́ illum viridi redimitum tempora lauro
Nouerunt Musis, & Phoebo sacra ferentem:
Absentes animi calamo dant signa dolentis.

Ipsa

Ipsa etiam sibi fortem equitem Melite Insula ademptum,
Ingemit, haud ignara stylo quid posset, & armis.
Siue hæc infractis animis, & robore firmo
Tractaret, bello assuetus terraq́, mariq́;
Siue illum ignaui exerceret nescius oci.
Vnde tot ingenij late monumenta per orbem
Diffusa, ingentesq́ cientia carmina plausus,
Et tusco plectro, & fidibus modulata latinis.
Ergo per ora virum celebrem te, Paule, perennis
Fama feret: nam si immites fatalia Parcæ
Fila secare tibi potuere; haud vlla valebunt
Saecla tuis vnquam tenebras obducere chartis.
Tu quoq; moeroris praesens solamen habebis
Alma parens, quoties eius meditabere laudes,
Quosue tuis priscis splendoribus auxit honores.
Quin age, si saeuum penitus lenire dolorem
Non refugis, quando precibus fata aspera nullis
Flectuntur, clarum Rossi per nomen, & ossa,
Parce, precor, lacrymis, & vanas mitte querelas.
Nec potius nati te angat iactura perempti,
Quàm certa illius solentur gaudia, quae nunc
Iam tenet, aeternaq́ licet cum pace tenere.
Siue per Elysij campos, & amoena vireta
Inter felices animas laetißimus errat.
Seu iam caelum adijt, sedes vbi firma Deorum,
Quae nunquàm ventis quatitur, non imbre madescit,
Non canis ardorem, non brumae frigora sentit.

D 2   At

At purus semper sine nube extenditur aer,
Perpetuoǿ dies illic splendore nitescit .

De Villa Tusculana Io. BAPTISTAE CAMPEGII, Episcopi Maioricen. In agro Bononien.

NVNC *humiles primùm conemur tollere versus,*
    Et nostra assuescat magnas intexere laudes
    Pagina: sume animũ, ac torporẽ expelle Tha-
Splendida CAMPEGI *dicamus rura beati .   (lia ,*
Rura humili quondam Saliceti nomine dicta ,
Tusculi ab auspicio sed nunc meliore vocata.
Multas illa quidem Italiae iam nota per Vrbes ,
Ipsius (r) domini scriptis celebrata disertis .
Non igitur rerum ambages , aut ficta sequemur ,
Omnia quin celebri referemus consona famae.
Sed tam multa loci illius ornamenta recurrunt
    Vnà animo, vt nequeat laudum seruarier ordo .
Temperies tamen inprimis, caelumǿ salubre
Laudetur: partim indicijs id Phoebus apertis
Arguit, exurgens tractu vel semper Eoo
Conspicuus, vel raro atra caligine septus .
Partim etiam indigenae ostendunt, qui robore firmo
Longaeui incedunt plures, viridiǿ senecta
Haud cessant duro terram exercere labore .
Nec minus illa adeat malè sano corpore si quis
Rura, breui inualidas firmabit tempore vires ,
Aut requiem planè inueniet, morbiǿ leuamen .

                                    Tum

Tum matutinas aeſtiuis menſibus horas ,
Atq; adeò medium Titan cùm feruidus axem
Inuehitur curru, lenis refrigerat aura .
Mox vber glebae, magniق̃ & fertilis agri
Cultum admirari libeat, quo haud laetior vllus
Felſineos intra fines verſatur aratro .
Frugibus omnigenis hic magna explere quotannis
Horrea , & optatum potis eſt ſuperare coloni .
Optima quin idem fert, & molliſsima vina ,
Vt vineta putes illic florere ſalerna .
Tot b ene culta ſoli foecundi iugera paruus
Alluit haud rapidus, lembosق̃ ferentibus vndis
Rhenus, ad ingentes villae percommodus vſus :
Siue quid efferre inde libet, ſeu afferre neceſſe eſt ,
Seu vicina iuuat quandoq; inuiſere rura ,
Plurima quae circùm late ornant aequor amoenum,
Nobiliumق̃ opibus dominorum, & ſplendida cultu.
Praeterea ſqualos largè, cancrosق̃ rubentes ,
Procerosق̃ lupos, & paruos ſufficit, atqui
Molles piſciculos , & grati nempe ſaporis .
Ipſa etiam fluuialis aqua & perlucida currit ,
Et bona (momenti quod non puto nullius eſſe)
Eſcas ardenti properè mollire camino ,
Atq; per aeſtatem perfundere membra ſalubris .
Huc etiam accedit, quae laude eſt digna voluptas ,
Quòd regio aucupijs adeò, & venatibus apta ,
Innumeras paſcit volucres: ibi Phaſidis vndae

Nomen

Nomen auis referens, & Turtur amica pudori
Nidificant, ac turba auium infinita minorum.
Non ibi vel Perdix deeſt, vel peregrina Coturnix,
Et Merulae, Turdiḡ ſuo ſtant tempore obeſi.
Praebet item Damis latebras, paſsimḡ vagantes
Prata per, & cultos cernuntur ſaepius agros
Auriti lepores: varijs vt menſibus anni
Contingat, grato exercentem membra labore,
Accipitri, laqueis, cane, viſco, & retibus vti.
Nec tamen haec cum ſint ingentia commoda ruris,
Naturae proprio conceſſa, & munere Diuûm,
Non etiam inſignes magnam ars imitata parentem
Addidit ornatus. hinc eſt pomaria, & hortos
Conſpicere irriguos, ac multo flore nitentes,
Conſitaḡ arboribus quadra, atq; ſalubribus herbis,
Et ducta egregiè in varias Topiaria formas.
Quorum ego ſi nitidam ſpeciem comprendere verſu
Eualeam, nihil aut fructu iucundius illis,
Pulchrius aut viſu ſperem me offerre legenti.
Saepius aſt eadem verba haec iterare decebit,
Singula nam miro fulgent concinna decore.
Magnam praeſertim Villam (an palatia dicam
Regia?) ſuſpiciens ſtupet, ac ſublimia tecta
Hoſpes, & aſpectu primo penetralia ſecum
Concipit ampla animo tacitus; verùm omnia longè
Maiora offendens oculis, miratur & alia
Atria, & atriola, atq; adiuncta cubicula, & oës

                                        Percu-

Percupidus partes suprà vestigat, & infrà,
Cunctaq́ magnificis in caelum laudibus effert:
Et meritò: neq; enim surgit formosior vlla,
Nec mage culta domus (liuor procul omnis abesto)
Sapina quà pingues, Rhenusq́ interfluit agros.
Sed neq; mi calamo quamuis properante silenda
Pars erit inferior tecti, penitusq́ reposta,
Vt satis vna domus speciem praeseferat amplae.
Multiplices vbi partitae sunt nomina cellae,
Quae non vina modò, & seruanda cibaria condunt,
Seruorumq́ ministerijs, ac vsibus aptae:
Verùm etiam quiuis in eas diuerterit hospes,
Perbellè exceptum secoràm dicet, & absens.
Harum ad mundiciem ducta est spatiosa latentem
Subter humum via, quae rectà decurrit in amnem.
Illa pauimentis constrata, & fornice tecta
Perpetuo muris validis fulcitur vtrinq;,
Totaq́ vel largo Solis splendore nitescit: (ptum.
Mirum sanè opus, & grandi quondam ære redem-
!t superas iterum iam nos referamus in aedes,
Multa vbi praeterea laude attingenda supersunt.
Praecipuè illa ingens altis suffulta columnis
Porticus, aspectans boream, septemq́ triones,
Mirificum praebet rapido tutamen ab aestu.
Hoc itidem interior colsa testudine, & amplis
Parietibus, latisq́ domus constructa fenestris
Praestat, & egelidos sic accipit, atq; remittit
                                              Vento-

Ventorum flatus, ỳt protenus arceat omnem,
Vel sinat haud aegrè rabiem tolerare leonis.
Sunt etiam medijs conclauia in aedibus omni
Vsqueadeò strepitu, ac penitus semota susurro,
Vt minimè insomnes liceat traducere noctes.
Nec putei desunt ingentes, atq; perennes
Dulcis aquae, & nitida murorum mole decori.
Tum verò latos liber prospectus in agros
　Miris quippe modis oculos & corda tuentum
　Exhilarat, gelidas seu flectant lumina ad Arctos,
　Siue se ad occasum vertant, seu Solis ad ortum.
　Ac frons illa domus, Austri quae vergit in oram,
　Continuos colles, & celsas prospicit arces
　Vrbis Felsineae: via quò mollißima quarto
　E lapide inuectum cisio deducit, equoue.
Quid calles memorem, & quos protegit vmbra recessus,
　Compitaq; apricos circum spectantia campos?
　Aut quos concentus dulces aurora volocrum
　Excitat exoriens, penè ipso in limine tecti?
　Quis verè dignè viuaria dixerit vnquam,
　Quae magna in magno lymphis currentibus horto
　Inclusos seruant pisces, accedere ad escam,
　Atq; manum assuetos non exhorrere vocantis?
　Illa autem magis hoc etiam miranda videntur
　Nomine, vicini quòd aquas è fluminis alueo
　Accipiunt iuges, longo reddente canali:
　Villae ingens decus, atq; animo praedulce leuamen.
Stra-

Stragula vestis item foret, ac pretiosa supellex
　Dicenda, & quantus rebus nitor omnibus insit:
Quà benè compositos exornant serica lectos,
Et conopea egregio contexta labore.
Quàq; aulea tegunt muros pendentia ad unguem,
Argentoq́, auroq́, & vario distincta colore,
Qualia cernuntur Regum intrà tecta potentum:
Et quà perlepidis puluillis, atq; tapetis
Strata pauimenta, & sellae, tripodesq́ renident.
Atqui ego non is sum, innumeras qui carmine dotes
Enumerare velim, queis villa, & fundus abundant:
Nec si ausim, pulcher votis aspiret Apollo.
Hoc sit scire satis, longè pulcherrima adesse
Omnia, magnanimoq́ viro, & praediuite digna.
Non Parij lapides, fateor, non aenea signa,
　Plurima quae Tybris forsan miratur, & Arnus,
Consurgunt illic, aulasq́ & limina seruant.
Nec tamen ignoro, minimum quàm conferat usum
Signorum ornatus, quò caetera prorsus abundè
Contulerit natura potens, atq; artis acumen:
Sed vice mutorum lapidum, rigidiq́ metalli,
Si quis eò accedat, quo tempore rura frequentat
Diues herus: virtute viros, omniq́ lepore
Praestantes, illic inter se docta serentes
Colloquia inueniet. tales nam semper amicos
Munifici bonitas CAMPEGI abducit ab vrbe,
Et nitida excipiunt lautis triclinia mensis.

　　　　　　　E　　　　　　Tunc

Franc. Bolo
gnetus Se-
nat. Alverti
ti Card. pa
ter.
Carolus Si
gonius.

Tunc Academiam potius, gratumǿ Camoenis
Dixerit hospitium, quam villam ruris amoeni,
Praesertim si aderit tum BOLOGNETVS, & vnà
SIGONIVS, domino ante alios dilectus vterq; .
Ille Senatores inter clarißimus, idem
Eximio Phœbi vates insignis honore.
Hic florente stylo latè monumenta per orbem
Diffundit, magni Ciceronis proxima scriptis.
Ipsum praecipuè dominum mirabitur instar
Numinis, ac illo inspecto mage laetus abibit,
Quàm si cuncta simul sit contemplatus ibidem
Marmora Praxitelis, famosiǿ aera Myronis.
Si verò audire illius doctißima verba
Contigerit; secli haud dubiè vestigia prisci,
Atq; sales medijs dignos agnoscet Athenis.
Quanquam alijs etiam illustrem virtutibus omnes
Suspiciuntǿ virum, ac efferre ad sidera certant,
Laude extollentes largae pia munera dextrae.
Sed quò me diuersa rapis? iam desine versu
Garrire il'epido. satis est vtcunq; Thalia
Haec calamo cu sim insueto potuisse referre.
Forsan & hinc aliquis vel captus Tusculi amore,
Vel certè in nostris illud sord scere chartis
Indignans, eius laudes sibi scribere sumet,
Et noua maiori sociabit carmina plectro.
Atq; ita CAMPEGI villam, numenǿ IOANNIS
BAPTISTAE, Vt par est, longu aeternabit in aeuu.

MAXIMAS

ANTONII RENBRII Ad ANTONIVM GIGANTEM.

MAXIMAS *ego gratias merenti,*
Pares, quàm pote plurimum, paratus,
Si quando dederit Deus, referre
Antoni, tibi, qui lepore abundans
Pro multis mihi millibus fuisti.
Dum bonum bonus adiuuas, & omni
In re vis minima mea tueri
Me tuis opibus; mihique praesto
Sponte adesse opera vel occupata,
Si dulcem potes adiuuare amicum.
Quem non incolumen videre tantùm,
Sed saluis quoque postulas honestum
Rebus, intereàque dignitati
Idem prospicis, & simul saluti.
Pro quo munere, dum mihi retentam
Hanc vitam superi volent, tui me
Promitto memorem vsque sic futurum,
Vt cum nemine conferendus ipse es
Aut candore animi, aut benignitate.

Ad ANTONIVM RENERIVM Collensem.

QVÒD *rudis ingenij tenuem tam gratus opellam*
Prosequeris coràm verbis, & versibus absens:
Id mihi iucūdum(ingenuè tibi namq; fatebor)
Accidit, Antoni: sed eo non nomine, quò me,

E 2   Aut

Aut mea permagni faciam, vel laudibus esse
Sperem digna tuis. Verùm hoc optatius omni
Spe mihi contingit, quòd quà se prima facultas
Obtulit, obsequium nostrum, & propensa voluntas,
Re licet in minima, tibi vix inspecta probetur.
Sic equidem iam tum rebar, cùm fama tuarum
Virtutum, morúmq; meas peruenit ad aures,
Ingenti dum te Pratum reuocaret amore:
Te fore, qui nostram longo torpore sepultam
Colloquio excires, & dulci carmine Musam.
Nunc igitur duce te interdum Parnasia tempe,
Castalijq; sacros audebo visere fontes,
Si lento comitem gressu opperiere sequentem.
Sin minùs Aonios liceat me scandere montes,
Pieridúmue choros accedere: te sacra Phoebi
Mystica sit saltem mihi fas audire docentem.

Ad ANTONIVM MARIAM BARDIVM
Fabij filium.

O PATRE egregio, fili dignißime, cuius
    Virtutem primus imitari assuescis ab annis:
    Quàm nunc excipio lætanti pectore laudes
Praecocis ingenij, tibi quod natura benignè
Contulit, ingenuas & quod sic ipse per artes
Excolis, aetatem suprà, & felicibus ausis.
Nae tu maturè praestanti digna labore
Praemia percipies: primo cùm flore iuuentae

Aonij emensum te celsa cacumina montis
Inter Musarum coetus formosus Apollo
Sistet, & optata praecinget tempora lauro.
Tum verò insuetum miratus frontis honorem,
Et vigilem testam, & sudores saepius actos
Laudabis, stimulosq́ memor, curamq́ parentis.
Tum bona Reneri mentem praecepta subibunt,
Quo duce tanta puer iam nunc & pulchra minaris.
Quare ego te, quamuis nil iam mónitoris egere
Inspiciam, dulci contactum laudis amore,
Carmine compellans, hoc vnum hortabor amanter.
Gnauus in incoeptos, Bardi, connitere cursus,
Et virtute nihil praestantius esse memento.

Ad PETRVM SPIGVM.

SAEPIVS haec eadem viua tibi voce parantem
Dicere, Spige, pudor non me deterruit vllus;
(Nã quid me pudeat cũ vera, tũ honesta monẽte?)
Sed differre tamen libuit, ne dedita nugis
Mens tua iampridem nostros minus aure secunda
Audiret monitus, & ego impendisse laborem
Tristarer frustrà, secus ac succedere vellem.
Verùm vbi te segnis (quàm nollem) continet aegrum
Nunc quartana domi; fandi mage mollia nactum
Tempora mereor, omnia cùm te ludicra cernam
Exosum, et penitus curam hanc incumbere in vnam,
Vt longam expellas languenti corpore febrim.

Iusta

Iuſta quidem res eſt, vt cures corpus, at ipſum
Vnà animum curare decet, verùm artibus illud
Subijcies medicis, noſtra hic praecepta ſequatur:
Audi igitur. Quintus iam circum voluitur annus,
Ex quo grammaticae vtilibus nauare libellis
Te noui. interea doctor non deſuit vnquam.
Ipſa etiam natura tibi (quae maxima dos eſt)
Ingenium dedit & facile, & memor. adde quòd ipſe
Antiſtes, caelo verè demiſſus ab alto,
Beccatellus adeſt, quem religionis amore
Ardentem haud puduit munus ſubijſſe magiſtri.
Hic pro te, ſocijsq́ tuis quid fecerit, & quam
Geſſerit aſſiduus curam, ſcis ipſe, ſcit omne
Vulgus, vicina & nouerunt oppida circùm.
At quoniam tecum ſermo eſt, & te alloquor vnum,
Tu mihi dic, toto quidnam profeceris iſto
Tempore, quiue exſtet fructus. num docta Maronis
Carmina, num Flacci retines? at reddere plura
Te memini dudum. num qua haeret epiſtola Tulli
Nunc animo? num metri leges? num qua Terenti
Fabula? nam cuncta haec rectè memor antè tenebas.
Quid reticet? neſcire putas ea turpe fateri?
Ingenuè prorſus ſentis: ſed turpius eſſe
Multò crede diu ſi amiſſa repoſcere differs.
Hic tibi perfacilis labor eſt, & menſibus omnem
Iacturam paucis penitus ſarcire licebit,
Saepius, atq; etiam attentè intermiſſa legendo.

Et ſanè

Et sanè hoc aliquid fuerit, sed non tamen omne,
Vlterius quoniam te extendere coepta decebit.
Namq; velim, totis vt iam nunc viribus altae
Fundamenta domus iacias, quam deinde videbis
Surgere paulatim exiguo cogente labore,
Ac per se tandem contingere culmine caelum.
An praestare potu non est hoc aurea virtus,
Scilicet vt feriat mortalis sidera vertex,
Quem Phoebi chorus aeterno donarit honore?
Nunc igitur totum studijs te dede, bonisq́
  Moribus, & certam rationem delige vitae,
  Quam mox iucundam reddet tibi leniter vsus.
Plurima dediscant oculi, & melioribus aures
Assuescant verbis, sociosq́ require fideles,
Et tact:s pariter studij, ac pietatis amore.
Nunc ver aetatis tibi ridet, se sine multos
Induat in flores animus, quo frugibus aestas
Te ditet magnis, & dulcia poma reponat
Autumnus, longos vt viuas lautus in annos.
Illecebris (fateor) multis malè suada voluptas
Obstat, & irretit durè, cursumq́ retardat.
Tu vero hanc contrà cuntende audacibus ausis,
Et tibi in auxilium caelestia numina p sce:
Namq; aberunt nusquam, quoties ea ritè vocabis.
Ac ne iter ignarus peragas, dubiusq́ vageris,
  Renerum sectare ducem, sectare magistrum.
  Renerum, mihi quem probitas, doctrina, leporq́
                                        Dulcis

Dulcis amicitiae vinclo iunxere perenni;
Et quo non alibi, credo, mage idoneus alter
Gymnasium Hetruscis aperit praeceptor in oris.
Hunc sequere assiduus, lateriíq volentis adhaere.
Nec bene currentem illa leuis te cura moretur,
Quòd forte aequaeui sic te diuersa sequentes
Illudent olim; quis hic? & quid tanta repentè
Vult grauitas sibi? quid pariet nouus impetus iste
Discendi? en sophus, en senij qui praeuenit annos.
Talia nugaci quidam iactare susurro
Audebunt, illos ast insanire libenter
Ipse sinas, & certus iter Dijs perge secundis.
Non eadem obijcient, virtus quibus inclyta cordi est,
Quorum laudato cùm quis laudatur ab ore,
Compita nequicquam nebulo latratibus implet.
Gestiet hinc magna genitrix Smeralda, pateráq
  Lapsus laetitia. hinc fratres, & aui, atq; propinqui
Omnes, hincéq boni tibi gratabuntur amici.
Certior ipse etiam factus quandoque Ioannes
Franciscus patruus, mirè laetabitur absens.
Quem tibi prae multis par est imitarier unum.
Namque ille indicijs (ne longè exempla petamus)
Quas virtus habeat vires, ostendit apertis,
Quandoquidem eius ope eximium nomenáq, decusáq
Vel sibi, vel patriae externis venatur in oris.
Illius & placidi hortatus, mandataáq mentem
Vsque tibi subeant, nostris non absona dictis.

                                                    Haec

Haec habui, quae te cursim, mi Petre, monerem,
Atqui ea nunc animo satis est meditere quieto,
Corpore sed gnauus mox ingrediare valenti.
Ergò age si à monitis tua stat sententia nostris,
Cùm iam tempus erit, maturis argue factis.

Ad HENRICVM OMBELAETVM
Lingonensem Gallum.

O GALLI *suaues cantus, & amabile carmen,*
Quod tam dulce meis vltrò sese auribus offert,
Vt segnem è longo excierit torpore Thaliam.
Hinc decet eximias virtutis cernere vires;
Quandoquidem ipse tuae captus dulcedine musae,
Aduenam, et absentem, vixdum mihi nomine notum,
Henrice, ingenti iam te complector amore.
Quin etiam magis ipse libens hoc nomine posthac
Felsineos colles, & prata Albina reuisam,
Vt coràm viuis te vocibus alloquar, & te
Excipiam, genus, & patriam, ac tua fata docentem.
Me quoque tum genti Becatellae pluribus esse
Noueris obstrictum meritis: namq; omnia gratus
Huic refero accepta, & semper debere fatebor.
Interea pueros, quorum tibi credita cura est,
Excole, vt adueniens patruus te multa magistro
Gaudeat edoctos circumspexisse nepotes.
At me crede tui cupidum, & virtutis amantem.

F   SCIRE

ANTONII RENERII Ad ANTONIVM GIGANTEM.

SCIRE aueo, Antoni mi oculis prope carior ipsis,
  Quid tibi post aliquas hyemes sit Felsina visa.
  Quoue tuum plausu reditum gratentur amici,
Vtque ijdem soleant te circumstare frequentes.
Vt Beccatelli iuuenes, pulcherrima proles,
Pendentes adeant ad te recitantis ab ore,
Quot tibi musaeo dictent condita lepore
Carmina Pierides faciles, & dexter Apollo,
Dum tu abes interea, longè disiunctus ab illis.
Viseris an ne etiam Campegi rura beata,
Quae versu exornas incana in saecula digno
Viuere, perpetuò docta vt manus atterat illum,
Te manifesta fides hominem excepisse libentem,
Et legisse auidum, tibi quae conscripta politè
Ornasti lepidù, & non sine pondere verbis.
Tullius vt valeat, cupio quoque noscere, vt alto
Deferat ex Helicone virenti fronde coronam,
Imponatq́ sibi ille, animae pars altera nostrae,
Virum Maeonio, an Siculo tibi digna Poeta,
Aeolioue magis recitarit carmina, vt ipse
Reddideris contra suaui contexta labore,
Rarò audita, neque exactis distantia quicquam.
Nanque ego vtráque mei cupidû volo, et arbitror esse,
Et memorem, dum non humili sermone trabetis
Saepe moras, modò Graiorum, modò scripta Latina
                                    Tractantes

Tractantes varie, & miscentes seria ludo,
His adde, an saluere meo quoque nomine iussum
Torseninum hominem visas doctumq́, bonumq́.
Quamque diu tenuere tui te rura patroni,
Cui tecum optarim potius me viuere charum,
Quàm ditis Priami florentia regna tenentem
Clara beatorum virtus numero eximat omni.
Haec ego, docte Gigas, cupio mihi cuncta referri
Carmine, dum tu aberis, coramq́, vt Veneris, ore.
Si me fortè petis de rebus scribere nostris,
Narro tibi. Mea post confecta negotia, solus
Ipse domum repeto, atque illic puerilia tracto
Quinctilio praesente meo, qui discere nuper
Prima elementa auidus, coepit signare figuras,
Monstrarique sibi rationem ex ordine poscis.
Nanque, absente mei, te iudice carminis, vnquam
Vix aptare modos fidibus datur, auspice Phoebo.
Et Bonamicus abest, & rure domestica tractans,
Octauo vix quoque die solet ille reuerti.
Atque Ingiramum populis dare iura profectum
Scis peregre; ipse tui memor est tamen, atque patroni,
A quo crebrò venit Epistola, vtrumque salutans,
Per fora, perque vias, comitem me, et cōpita circum
Accipiunt Fabiusq́, & Perondinus amici.
Colloquijs Vari, quauis ratione probati,
Ne fruar, impediunt anni, & mea decolor aetas.
In sano Andreas doctis sermonibus aures

F   2   Imbuit

Imbuit, atque domi, cumque illo Perfius ore
Nos placido mulcet, rapido cum foluimur aeftu.
Me tibi mane domi dictante haec, ipfa paratur,
Hofpitem vt excipiat, quem cras de more videbo
Adfore, vt expofitas merces fibi comparet, atque
Miretur numerum populorum, & ftrata viarum,
Et quaecumque animos pertentant gaudia vulgi.

Ad ANTONIVM RENERIVM.

ALBINI laeto iamdudum in colle morantem
Me iuuat, ANTONI, lentae indulgere quieti,
Et paulùm dulces intermififfe libellos,
Nec non ipfi etiam inuitae dixiffe Thaliae,
Mufa vale, aut mecum tibi fi quoq; rure libebit
Degere, me interea calamo fine parcere inerti.
Otia vt haec animo multùm exoptata, diuq,
Deguftem, minimo non interrupta labore.
Sic ego; at illa mihi non furdas praebuit aures:
Quanquam ò fegnitia ne me torpefcere tanta
Indignata, meos fruftretur deinde vocatus.
Nunc certè cùm longa tibi refponfa pararem
Reddere, vix pauca haec dignata eft promere verba.
Quare ea, quae dulci, ac lepido me carmine pofcis.
Vt tibi fignificem, RENERI, verfibus abfens,
Ne quaefo in noftrum reditum differre graueris.
Omnia nam melius poteris tunc nofcere coràm,
Atq; ita te malè culta minus mea pagina laedet.

Nunc

Nunc tantùm id scito, bené nobis esse: patronus
   Et valet, & vestri memor est: me nulla quietum
   Cura hic solicitat, nisi quae mihi surgit in horas,
   Vt te quamprimùm visam, carosá sodales.
   Ipse etiam vt valeas, connitere: QVINCTILIVMQ.
   Cuius ego ex scriptum laudo, cuiusá venusti
   Gratulor ingenij specimen tibi, nomine nostro
   Dulci suauiolo, & multa impertire salute.

Ad ATTILIVM RENERIVM
Antonij F.

CVr te fraterno, Attili, amplexarer amore (illo
   Caussa erat vna quidē dudum permagna, quòd
   Esses patre satus, quo non mihi carior vsquam
Ante fuit, nec erit post forsan amicior alter:
   Quemá ego, quòd me annis longè et virtutibus anteit,
Diligo, & ex animo quasi dulcem obseruo parentem.
Nunc verò simulac culta & lepidissima legi
Carmina, mirificè queis me tot laudibus effers,
Quot prorsus deceat magnum exornare poetam:
Ob meritum te nempe tuum, ingenijá leporem
Cogor amare, tibi & totum deferre libenter,
Quicquid opis nostrae est tenui in virtute Camoenae.
Ac quoniam coeptis ta n dextro numine Phoebum
Cernis adesse tuis, nec docti sedula patris.
Cura, nec ingenium tibi deest, nec carminis vsus;
Perge libens, te iure illum vi latteris adeptum,

                           Quo,

Quo, licet indignum, nunc me dignaris honore.
Et dum plura tibi fert commoda tempus, & aetas,
Te iuuet in studijs omnes intendere neruos,
Ocyus vt sacra Parnassi in sede quiescas,
Laureaq́ exactos compenset laeta labores.

Ad IOANNEM RONDINELLVM
Alexandri F.

TE nostras dudum reor expectare tabellas,
Vel me ipsum potius, praesertim octobre monente
Vt se promissi memor, ac Pratense reuisam
Perpetuò mihi dulce solum, carosq́ sodales.
Verùm vbi me patria redeuntem docta recepit
Felsina, tot simul importuna negocia curis
Implicuere animum, quòd spe iam prorsus ab omni,
Composito Hetruscos adeundi tempore colles,
Destituor. dices, quid si vnus finiat illa,
Aut alter mensis? cessabit caussa morandi?
Non ego crediderim, me, RONDINELLE, futurum
Dijs adeò inuisum, vt quod peius morte labore
Euitare malum, curarum nempe procellas,
Confectum me eodem patiantur longius iri.
Sed neq; tunc valeam promissis stare. niuali
Aggere tristis hyems iam circumsepiet alpes:
Te quoq; Praetura defunctum regia magni
Principis excipiet, ciuilia munia obibis,
Docto Academiae procerum sermone frueris,

Aut,

Aut, quae mox illi mirentur, acumine summi
Ingenij meditaberis . atq; ita forsitan illa,
Qua tua me bonitas modò consuetudine dulci
Dignabat Prati, Florentia non sinat vti :
Te seruante quidem mentem in nos vsq; benignam,
Ast aliter rerum vrbana ratione ferente.
Non tamen idcirco tempestas mollior anni
Carpere iter cùm me suadebit, & ocia poscent,
Non te conueniam, & laetus tua tecta subibo.
Quin haec praecipua est cordi, mihi crede, cupido ;
Nec quicquam meminisse iuuat iucundius horis,
Queis peragrans hortos, & aprica suburbia tecum
Suauibus alloquijs luctus solabar amaros,
Et desiderium absumpti tum morte patroni.
Quid verò ante focum cùm nos quandoq; sedentes
Seria multa iocis permiscebamus honestis ?
Quid cùm prisca legens, tua vel certantia priscis,
Scripta Hetruscorum resonabas ore rotundo ?
Grata quidem bìc animo, fateor, solatia praebent
Vrbis gymnasium, clarorum & amica virorum
Colloquia, baud desunt hilares, lepidiq sodales ;
Attamen ille libens ad te persaepe recurrit,
Te spectat, te audit, tibi, eum si cernere possis,
It comes assiduè; sic captus amore tuarum
Virtutum nequit abs te iam diuellier vnquam.
Ille etiam nunc, quando graui me compede vinctum
Vltrà Appennini iuga recto tramite secum

Haud

Haud valuit traxiſſe, ſilentia rumpere longa,
Et paucos ad te verſus hos mittere iußit.
Quos deſueta diu calamum tractare Thalia,
Nomini amica tuo, mihi non inuita roganti
Dictabat, dum me rus inuitaret amoenum
Curis, & rebus ceſſare parumper agendis.

Ad CAROLVM SIGONIVM

*M*VNERIS *hiſtoriae finem laetumǭ, bonumǭ,*
    Gratulor hoc primũ tibi nomine, docte Sigoni,
    Quòd mêtem aßiduo explicitã, lõgoǭ labore,
Poſt modò amicorum congreßibus, atq; lepòre
Sermonum, & grato conſpectu ruris aprici
Liberius ſolito interdum recreare licebit.
Quin & corporeae haud firmo ſat robore vires
Id poſcunt, primaeǭ aetas vicina ſenectae,
Scilicet vt vehemens ſtudium, vigilesǭ lucernas
Seponas paulùm, ſaluusǭ, & laetus amicis,
Et tibi iam viuas: noſtrum quo longius aeuum
Sic florente ſtylo exornes, ac voce ſuperſtes,
Vt tua perpetuò mortales ſcripta iuuabunt.
Deinde tibi ex animo laetor, quòd gloria tanta
Hinc te conſequitur, quantam non audeat vllus
Concepiſſe quidem votis hoc tempore ſcriptor.
Namq; ea quo poſſent maiore volumina plauſu
Certatim Italicis, externisǭ excipi in oris,
Floret vbi cultus linguae, ſtudiumǭ latinae?

                                        Quas

Quas omnes veluti immensum resonare theatrum
Audimus Caroli laudes, nomenq́ Sigoni.
Nobilium verò Procerum potes ipse, virùmq;
Clarorum planè innumeras proferre tabellas,
Testantes quanti sias, & qualis vbique
Virtutis sit fama tuae, atq; vt numinis instar
Deniq; te quisquis praesens veneretur, & absens.
Docta quidem monumenta tui iam multa per orbem
Manarunt, summaq́ tua cum laude leguntur :
Ast opus hoc insigne recens quo maius ab omni
Parte animi praefert studium, ingenijq́, laborem,
Hoc magis ingentem decoris super addit aceruum.
Quin etiam vlla tibi penitus ne praemia desint
Digna tuis meritis; ecce illustriβimus ille
Indole diuina, & clara virtute IACOBVS
Te sponte officijs, & grandi munerat auro,
Magnorum exaequans animos,& munera regum:
Hoc vno dignus facto, quem florida paβim
Ingenia, & linguae, calamiq́, & plectra celebrent.
Quanquam mille modis alijs, atq; artibus altam
Materiam praebet laudum, seu strenuus armis
Tutatur fines Romanos, ac vigil arces
Inuisit, summo seu magna negocia tractat
Consilio, seu dat populis responsa benignè :
Siue ille impatiens frustrà disperdere tempus,
Ingenuo exercet nunc fortia membra labore,
Nunc animum studio recreat, doctisq́ libellis.

Iacobvs
Boncom-
pagnius
Soriz Dux

G   Quare

Quare etiam hinc laetor, iuuenis quòd gratia tantî
Te foueat, nec non donis, & honoribus ornet.
Tu verò virtute tua, eximioq́ fauore
Praesentis secli, ac venturi laude perenni
Gaude vel meritò, vir praestantissime, cuius
Nunc opera effecit, multos vt quae ante per annos
Italia in densis languebat mersa tenebris,
Viuida iam superas se tollere possit ad auras,
Ac mereat tandem verè illustrata vocari.

Ad HIERONYMVM BONCOMPAGNIVM
GREGORII XIII Fratris filium.

NON mea te idcirco audet compellare Thalia,
Versibus vt speret, iuuenis clarissime, laudes
Posse augere tuas, seu quâ patrui inclyta ma-
Gloria te insigni decorat splendore nepotem,   (gni
Seu quâ animi proprijs virtutibus ipse refulges:
Nec tibi vt agresti cantu permulceat aures,
Nobilium assuetas audire poemata vatum.
Sed mentis meriti memoris, grataeq́ datura
Indicium, haec humilis sublimia tecta subiuit,
Ingentes imo persoluens pectore grates.
Miraris (credo) & quis sim fortasse requiris,
Et quo nam tibi deuinctum me nomine dicam.
Atqui tot laudum non haec postrema tuarum est,
Iuuisse ignotos etiam: tam multa benignè
Officia impertire soles oratus, & vltrò.

Ille

Ille ego sum, affinem cuius Beroia prudens
Foemina iamdudum tibi commendabat, ad Vrbem,
Atq; tui ad sacrum conspectum fratris euntem.
Quem tu propitijs voluisti ornare tabellis.
Nunc ergò ille absens mecum pro munere tali,
Quicquid opis nostrae est, totum tibi deuouet vni,
Ac vni addictus tibi viuet vbiq; locorum.
Ipse autem, cupidus quamuis ignobilis oci,
Desuetusq́ diu studia exercere clientis:
Attamen (ò vtinam merear) iam sponte Patronum
Te mihi delegi, illustris Hieronyme, & omne
Iam nunc obsequium tibi defero promptus, & ipsam,
Qualis erit, Musam, ni dedignaberis vti.

A Ioannem Rondinellvm Alexandri filium.
· In Librum Antonij Panormitæ de dictis,
& factis Alphonsi Regis Aragonum.

P Rincipis *exemplar, qualem caelestia rarò*
Numina concedunt terris, hoc arte libello
Depictum egregiè, mi Rondinelle, videbis.
Ac quanquam per te potis es (quae plurima rerum
Est tibi cognitio, ingenijq́ feracis acumen)
Singula nedum oculis perue stigare, sed alta
Mente operis summam, atq;omnes expendere partes:
Pauca tamen, quae nos animo tibi prorsus amico,
Carminibus licet incomptis, praeludimus, audi.
Magnanimi Alphonsi illius, qui primus Iberae

Iosephus
Ludoui-
cius Asii
sias Iuris-
cons.
Gineura
Augullini
Beroi Iu-
riscons.
clariss.
vxor.
Philippus
Card. S.
Sixti.

Florida Parthenopes ditioni regna subegit,
Hîc tibi cernere erit tum bello fortia facta,
Tum praeclara domi studia, atq; illustria dicta:
Vsque adeò vt tantis, ac tot virtutibus aucto
Non ausis illi quenquam praeferre virorum.
Graecia quos summis euexit laudibus olim,
Aut quos Roma potens diuino ornauit honore.
Quin etiam in multis alijs quodcunq; probari
Comperies dignum, vel prisca volumina voluens,
Vel noua, in Alphonso id totum miraberis vno.
Atqui difficile est dignoscere, qua magis in re
Excellat, sic parte idem est perfectus ab omni.
Consilijs magnum, atq; animo, dextraq́ valenti
Cùm cernes illum summè tractare ferocis
Durum Martis epus, totumq́ incumbere in arma;
Tum queq; Musarum alloquijs praebere benignas
Aures, & Sophiam inspicies admittere castris.
Vt non tam regem ducibus, validisq́ maniplis
Instructum agnoscas, quàm praefulgente corona
Clarorum doctrina hominum, queis pluribus illa
Floruit in summum tanti aetas regis honorem.
Quorum non vlli ingenio, aut candore Camoenae
Cessit, ni potius cunctos Antonius anteit,
Alphonso certè ante omnes gratissimus ipsi.
Ille hunc florentemq́ stylo, rerumq́ lepore
Insignem scripsit librum, aut si dicere malim,
Et studia, & mores, & mentem principe dignam,

                                              Qui

Qui virtute alijs aeque, ac diademate praestes,
Ad veram historiam his chartis expressit ad vnguem.
Quod si scire libet (me nanq; referre iuuabit)
Vnde Panormitae cognomen contigit illi,
Accipe. bis centum & triginta circiter annis
Felsinea tum dissidijs ciuilibus vrbe
Cedentes quidam Becatella è gente, Panormum
Post varios casus tandem applicuere, breuiq́;
Aucti diuitijs, & multa prole nepotum,
Illic mansurasq́ domos, sedesq́ locarunt.
Atqui prisca quidem tenuere insignia gentis,
Sed patrium dedit ijs illustre Bononia nomen.
Progenie ex illa hic quondam est Antonius ortus,
Cui, simulac Italis florere inccepit in oris,
Indidit ad proprium famae decus ipsa Panormus
Cognomen, quo deinde aeuo clareret in omni.
Propositam fortasse tibi excessisse videbor
Materiam; sed me pietas, qua prosequar vsq;
De bene me meriti manes, atq; ossa patroni.
Haec vtcunq; tibi nunc commemorare coegit,
Vt saltem illius gentilem his laudibus ornem.
Verùm ex Alphonsi innumeris virtutibus vnam,
Quam magis illustrem esse rear, iam dicere paucis
Aggrediar, cunctas quoniam comprendere versu
Non cuiuis facile est: me verò hinc plurima terret
Congeries rerum, hinc sibi conscia Musa retardat.
Si virtus igitur longè optima dicitur illa,

Cuius

Cuius finis erit praestantior, an ne erit vlla
Dignior in superos pietate, ac mente benigna
In genus humanum, & populos ditione subactos?
Caelitibus certè nihil, aut mortalibus ipsis
Gratius hac fuerit, nec quenquam gloria maior
Consequitur, nec tuta magis via ducit ad astra,
Quàm qui promptè omnes pessitq́, veliitq́ iuuare.
Hanc autem ille adeò egregiè, sanctèq; colebat,
Eius vt ad normam curas, atq; omnia facta,
Verbaq́ dirigeret, quin prae nil duceret illa
Regna, & opes. hinc ille animus tam mitis in hostes,
In sibi subiectos clemens, inopemq́ popellum,
Fortis in aduersis rebus, constansq́ secundis.
Quid memorem sacras vi captis vrbibus aedes,
Securum victis ac inuiolabile Asylum,
Seruatas? vel quid tutantia iussa pudorem
Foemineum, victor miles cùm scanderet arces?
Munera quid referam templis oblata, virisq́,
Virginibusq́ Deo sacris? ò saecula verè
Aurea, quae talem meruerunt cernere regem.
Nimirum illa fidem hinc veterum sententia certam
Acquirit fore quae censet tunc regna beata,
Eximiae cultor Sophiae cùm sceptra teneret.
Adde etiam, verae si religionis amore
Perpetuo flagrans diuina volumina verset,
Scrutéturq́ Dei legem, & praecepta facessat.
Qualem Regem illum haec testantur scripta fuisse,

                                        Innu-

Innumerisq; alijs monumentis fulta per omnes
Magni orbis partes iampridem fama celebrat.
Et dubitet magni Alphonsi vestigia quisquam
Tam praeclara sequi, si vera est gloria cordi,
Virtusq;, & pietas? Sed te iam demoror vltrà.
Quàm satis est, ipsos auidè percurrere libros,
Et viuo lymphas haurire è fonte nitentes,
Iandudum cupientem. En accipe, perlege, vt ipsum
Auctoris nomen saltem quandoq; legendo
Nostri etiam faciat memorem te nominis esse.

Ad GABRIELEM PALAEOTVM Card. Amplifs. et Bonon. Archiepiscopum.

F LAMINIAE dū nuper agros, Pater optime, & vrbes
Me transire iubet Patriae, caraeq; parentis
Dulcis amor; licet interdum via longa, laborq;
Taedia suaderent animo, curasq; molestas,
Cum comes haud vllus, nedum facundus adesset:
Ipse tamen contrà nitens mihi laeta subinde
Plurima fingebam tacitus. nunc matris imago,
Et tremulae occursus subit, atq; in colla ruentis,
Multaq; scitari, nec non audire parantis.
Nunc tot sacrorum mysteria magna dierum
Mente pia, & celebris meditor solennia Paschae:
Quantum me rudis ingenij imbecillibus alis
Tollere humo, & sacra rimari caelestia possum.
Ipsa etiam tellus herbis ornata nouellis,

Et

Et florum vario passim distincta colore,
Iucundo mihi prospectu exhilarabat ocellos.
Illis praesertim Phoebo sine nube diebus
Fulgente, atq; aura lenis spirante Fauoni.
Nec nulla hinc animus libauit pabula, laetam
Admirans terrae faciem, caeliq́ nitorem:
Omnia quae pridem glacie foedarat, & imbri
Tristis hyems: simul & Regem venerabar olympi,
Qui rerum vice perpetua sic temperat orbem.

Ludouicus
Galiardus
Societatis
Iesv.

Saepe audita recens GALIARDI patris ab ore
(Quàm vellem inde modò, ac semper pendere liceret)
Commemorare iuuat: verbis quàm multa disertis
Arcana explicuit: quàm fortiter impia facta,
Impurosq́ hominum mores damnauit, & acri
Sermone increpuit: quàm molli, quàmq́ benigna
Suadela vitam exosos ignauiter actam
Fouit, & infernis è faucibus eruit orci.
Tu quoq; tunc animo nobis, Amplißime Praesul,
Saepius occurrens, caelestis numinis instar,
Lenibas iter, atq; vagae fastidia mentis:
Cernere dum videor te sacris manè peractis
In templo aßiduum GALIARDO astare docenti,
Moxq́ pium in populum sacratã extendere dextram,
Verùm haec laetanti mecum dum corde voluto,
Exorta est subitò, meáq́ acris cura momordit:
Quòd te discedens inuisere nuper omisi,
Aut non nulla humilis saltem dare signa clientis:

Quòdq́

Quòdą́ aliàs etiam, agresti tardante pudore,
Huic ego defuerim officio: cùm tu tamen vltrò
Me semper (tua quae bonitas est plurima in omnes)
Alliceres dulci aſloquio, vultuą́ benigno.
Scilicet hoc vnum mihi erat meminiſſe moleſtum,
Moerentemą́ animum haud alia ratione valebam
Solari, niſi ſpe veniae; quam, noſtra fatendo
Errata, audemus malè culto poſcere verſu.
Namą́ mea, Antiſtes magne, hoc te nomine Muſa
Compellat, quamuis abſens ſuffuſa rubore.
Aſt ò ne nimium longis ambagibus aures
Laeſerit, & culpam imprudens cumulauerit: at tu
Largius indulgens hanc & dimitte precanti.
Quin patere, vt iam nunc venia laetatus adepta,
Ac ſtimulo ceſſante, fruar patriaą́, meuą́,
Conficiam & quod reſtat iter iucundius, & iam
Ne dubitem rediens te tanquam emanſor adire.
Sic Deus omnipotens tua ſemper vota ſecundet,
Et tibi (cuncta gregi vt contingant proſpera) Moſis
Corporis, atq; animi vires concedat, & annos.
  Foroſempronij.   MDXXC.

Ad LVDOVICVM BECCATELLVM Raguſinorum
  Archiepiſcopum, ac Præpoſitum Praten-
  ſem nomine Clericorum Collegij.

PRAEMIA Rex caeli, ac terrae tibi digna rependat
  Pro tantis meritis, Praeſes ſanctiſsime: namq;
            H   Haud

Haud opis est nostrae vel paruas soluere grates,
Cùm penitus vires desint, & copia fandi.
Næ tua miranda est pietas, quæ parcere nullis
Te sinit impensis, nullisue laboribus; vt nos
Iampridem segnes agros, atq; horrida tesqua
Virtute expolias, & castis moribus ornes,
Ac magno incendas verae pietatis amore.
O vtinam tibi maturos tua cultio fructus
Reddat, & immenso frugum te ditet aceruo,
Ne tot poeniteat frustra impendisse labores.
Sed tamen æternùm benefacti gloria tanti
Te manet. ingenuè paruiq́ fatemur, & ampli,
Nos debere tibi. non obliuiscier vnquam
Mens poterit sanctos monitus, atq; aurea verba,
Nec tuus é nostro dilabi pectore vultus.
Quin etiam haec laeto dum gramine prata virescent,
Paruus & ingenti Bisentius influet Arno,

Virg. Egl. *Semper honos, nomenq́ tuum, laudesq́ manebunt.*

Ad eundem eorundem nomine.

ANNVE *supplicibus, Praeses sanctissime, et ore*
Nos placido intúere, ac humiles ne despice voces,
Dum veniam petimus miseri, atq; errata fate-
Iandudum meritò nostris irascere culpis, (mur.
Et duro increpitas noxam sermone, minisq́.
Hinc poena, hinc facti pauidos mens conscia terret.
At non vlla animum iam maior cura, doloruè

Soli-

Solicitat, tua quàm à nobis cùm lumina flectis,
Et stomachum praebes contracta in fronte legendum.
Quare age moeroris iam te miserescere nostri
  Ne pigeat: ne sperne preces, ne sperne precantes.
Iam pietas animum subeat, iam flectere votis,
Pone iras, mitemq́ magis, Pater, indue mentem.
Aut si te impune id non exorare valemus,
  Non vllis nos verberibus, vinclisq́ negamus;
Dum tamen errati ducant obliuia poenae,
Ac te ipsum nobis reddas velut ante benignum.
Torpentesq́ leuent animos tua dulcia verba,
Et tandem obductas nubes frons laeta serenet.

Ad IACOBVM BILLIVM PRVNAEVM,
S. Michaelis in Eremo Abbatem.

QVANTI te faciam, BILLI clarissime, nomen
  Vtq́ tuű venerer iampridem, atq; aurea scripta;
  Plenius, ac melius referentem audire licebit
CVRTERIVM, quàm si verbis id pluribus ipse
Conando, doctas nimium tibi demorer aures.
Namq́ vt praestanti ingenio, sic ille peracri
Iudicio valet, atq; mei bene pectoris imos
Lustrauit sensus, cùm de te saepe loquentem
Excepit praesens: quin omnem non modò nouit
Cultum in te nostrum, studiumq́, sed amplius auxit.
Dum BILLAE gentis claros enarrat honores,
Seu qua nobilium insignit vos splendor auorum,
                    H 2   Mili-

Militiaeq̃, domiq̃, armis, opibusq̃ potentum:
Seu qua quisq; sibi virtutum laude suarum,
O dilecta Deo series lectißima fratrum,
Thesauros nullo perituros tempore condit,
Aeternasq̃ animo sedes affectat olympi.
Quò iam etiam partem scandisse ferebat ouantem,
(Sic pietas sperare iubet) fortißima quondam
Pectora, quae CHRISTI pro Religione tuenda
Haud timuere sequi pulchram per vulnera mortem.
Multaq̃ de genere hoc me saepius ille diserto
Sermone edocuit scitantem, nec minus vltrò,
Sic vos praecipuo colit, atq; obseruat amore.
Quae verò de te praesertim plurima dixit,
Deq̃ tui eximijs animi, venerande Iacobe,
Dotibus, & stirpe illustri, & sacro ordine dignis
Moribus; atq; bonis semper quanto ipse labore
Inuigiles studijs, & chartis plurima mandes:
Omnia praetereo consultò. nam mihi prudens
Id quoq; Curterius cauit, dum carmine primùm
(Ipso addente animos) te compellare parabam.
Scilicet vt cupidae si me ardor fortè camoenae
Aut meriti nitor vrgeret, per amoena tuarum
Laudum prata stylum traducere, te nihil indr
Inspectante ausim contingere: caetera nam te
Laturum facilè, cum tam sis mente benigna,
Obsequium ignotae, parua, & munuscula Musae:
Verùm si quis in os tibi maxima quaeq; merenti,

                                                    Since-

Sincero quamuis animo, & virtutis amore,
Sedulus obtulerit praeconia debita laudum,
Nube supercilij spreturum, & fronte seuera.
Nimirùm humanis rebus sublimior, atq;
Assueta aeternae meditari praemia vitae,
Mens refugit tenues titulos, & inania verba.
Quare ego, cui in votis erat hoc nil amplius vno,
(Quandoquidem fandi coràm non vlla futura est
Copia, longinquis nos disiungentibus oris)
Quàm reperire viam, vnde tibi innotescere noster
Posset amor: non hcc patiar procedere quicquam
E calamo, tua quod temnat, vel abhorreat auris.
Si tamen haec alio non sit pagella molesta
Nomine: sed quanquam lepor illi, & gratia desit,
Fuco etiam caret, & qualem me tradere gestit
Nunc tibi, nempè tui, atq; tuae probitatis amantem,
Dum mihi vita manet, referet mox semper eundem:
Verùm id Curterio quamuis tibi teste probari,
Meq́ tuos sperem censendum iam inter amicos:
Non tamen iccirco patronum adhibere verebor,
Omnia te cuius meritis concedere par est.
Is mihi Gregorius fuerit, celeberrimus ille
Nazanzi Antistes, quem tu felicibus ausis
Graÿs eductum latebris, sermone loquentem
Romano, occiduas vexisti nuper in oras.
Huius mî faueat venerabile nomen, & ossa:
Quorum particulam tibi nostri in pignus amoris

Mittimus

Mittimus; ex Diui Zachariae quam meus olim
Aede tulit dominus, dum magna negocia Summi
Pontificis tractat Venetûm BECATELLVS *in Vrbe:*
Optimus idem etiam Antistes, moriensq́, reliquit
Inde mihi, haud vno te dignum nomine munus.

IOANNES CVRTERIVS ANTONIO GIGANTI
φιλτάτῳ Salutem.

SCRIBO *iterum, mi Gigas: sed gratiora, quàm*
primùm: nempé post varios in misera Gallia erro-
res meos, in D. Billium tandem σὺ̀ θεῷ *, prope*
Turones incidisse me; coenasse, meis relictis, cum ipso:
sanctumq́ λοίψxror, *carmenq́ tuum esse deosculatum,*
amplexum, admiratum. Taceo, quos habuimus de
te, de Sigonio, multisq́, alijs, sermones. Non potui
tamen omnia cum eo, tam breui occursu, de te, de me,
nostrisq́ rebus alijs agere. Caetera in proximam hye
mem remissa sunt; quo tempore inducias forsan ali-
quas, more suo, datura est pestis; quae per totam serè
Galliam nunc grassatur. Credo tamen tantas moras
non esse passurum Billium; breuiq́ tibi responsurum.
Quicquid ad nos miserit, dabimus operam, vt ad tuas
manus tutò perueniat. Vale interim, & Sigonium
meo nomine saluta. Ex maiore monasterio vij. Cal.
Septemb. MDLXXXI.

DEBITA

Ad FRANCISCVM TVRNONI Abbatem,&
Alexandrum Priorem Sancti Martini,
Fratres, Rupifucaldios.

DEBITA *iampridem vobis, quo faepe benigno*
Praesêtes humile obfequiû,ftudiûq probaftis,
Sumite nûc eodê absêtes mea carmina vultu ,
Praeftantes animi iuuenes,par nobile fratrum.
Indicia haec folùm, quamuis tenuißima,gratae
Mentis erunt, meritis nec refpondentia veftris .
Dicere nam vobis , tantifue rependere dignas
Officijs grates, non hic ftylus eualet vnquam ,
Nec mî opis eft tantum. neq; item praeconia laudum
Magna offerre finit torpentis inertia Mufae :
Ipfa licet vanis interdum id geftiat aufis
Sponte fua, nec non applaufibus excita laetis ,
Dum Kandanorum illuftre , ac memorabile nomen
Certatim à paruis celebrari hîc audit, & amplis .
Eximias fiquidem dotes,morumq lepôrem ,
Et cultum ingenium, fanctiq pudoris amica
Pectora, mirificis vt laudibus extulit olim ,
Dum veftro afpectu gaudens vos docta fouebat
FELSINA, fic pleno nunquam non praedicat ore.
Non obfcura loquor : quinquam clarißima virtus
Veftra, velut celfis noctu ardens montibus ignis ,
Aut inftar caelo fignantis laeta cometae ,
Omnium vbiq; oculos in fe conuertit,& ora .

                                            Teftes

Testes Pontificis Summi, Sacriꝗ Senatus
Collati toties in commoda vestra fauores,
Et quo praesentes vos Roma excepit amore.
Perspicuum meriti indicium, atꝗ; insigne futuri
(Sic sperare iuuat) monumentum, et pignus honoris.
Nam decimū properans aetas iam claudere lustrum,
Non potis est dulcem mihi spem fregisse, videndi
In Latias oras vos, Vaticanaꝗ rursum
Templa reuertentes, titulis maioribus auctos.
Interea vestra laeti virtute, bonisꝗ
Florentes studijs, partum iam credite summum
Vobis esse decus: pretium nam continet in se
Virtus ipsa suum, quod laurea nulla, nec ostrum
Amplificare valent: proprio ꝟt fulgore pyropus
Fit magni, aut adamas nondum circundatus auro.
Tum verò artificis quicquid super addit honoris
Ingeniosa manus, laudant, mirantur & omnes;
Sed non iudicio, ac sensu rude vulgus eodem,
Quo sapiens, & cui potior sententia cordi est.
Namꝗ; operis pulchram speciem, notumꝗ metallum
Inscia turba stupet: verùm sincera nè gemma,
Et quanti liceat: fuco an mentita colorem
Vilior existat, quo circuncluditur, auro,
Negligit omnino, aut potius discernere nescit.
At prudens Sophiae cultor bene callet ꝟtrunq;,
Atꝗ; alia ornatus, alia ratione lapillum
Approbat, haud ignarus quantum hic distet ab illis.

                                                    Vultis

Vultis & illustri exemplo mea carmina firmem,
Clareat vt magis, an virtuti debita pluris
Praemia sint facienda, an per se se inclyta virtus
Gasparis ad vestras fors aures nobile nomen
Venit, quo merito gens Contarena superbit:
Illius aut potius praeclara euoluere scripta
Iam potuisse reor, captos vt amore legendi
Vos noui, & parta est librorum magna suppellex:
Tertius hunc Paulus, quo non prudentior alter
Dignos seligere, atq; vltro decorare merentes,
Absentem Tyrij insigniuit honore galeri:
Cùm Venetos inter proceres tunc publica obiret
Munia, & ingenti, vt semper, cum laude senator.
Mox Romam accitus mira pietate, fideq́,
Consilio & summis solerti in rebus agendis;
Virtutemq́ suam, ac magni memorabile de se
Pauli iudicium aeternos clarauit in annos.
Ergò multa libens cum Gaspare saepe solebat
Romanus conferre Pater, quas mente sagaci
Versabat prudens in publica commoda semper.
Haec inter de purpureis cùm forte legendis
Consuleret patribus, quid sentiat ipse rogatus
Gaspar ait: curam (quando nil vrgeat) illam
Differri, ac praesens potuisse in tempus omitti,
Et dictum validis rationibus vndiq; munit.
Tum senior reputans mortali in pectore liuor
Quid possit, nec dum certus num Gaspar ecdem

I   *Tinctus.*

Tinctus, an ingenuè sit talia corde locutus,
(Namq; imos hominû valeat quis noscere sensus?)
Respondit, fuimus nos isto & in ordine quondam,
Scimus et hoc etiam, vt proprium penè omnibus insit,
Aegre vt quisq; serat, nec non mille artibus obstet,
Quandocunq; sibi sit quisquam æquandus honore.
Ille autem penitus suspectae vt diluat omne
Inuidiae crimen (tantum dat conscia recti
Mens ausum) vtq; magis pateat, quòd sacra tiara
Haud aeque facit esse pares dumtaxat, & ostrum ;
Parce, inquit, mibi Sancte Pater, si forte videbor
Aut nimis audenter fari, aut tua pendere parui
Munera, quae (vt par est) mihi erût âplißima sêper,
Ac tibi pro meritis tantis debere fatebor .
Ne verò posthac me rubra insignia cuiq;
Inuidisse putes; scito, non amplius aequo
Illis me efferri, aut adeò, decus inde meorum
Vt credam maius proficisci, & culmen bonorum.
Obstupuit responsa Pater tam libera, &/alium
Gasparis ingenium, nil audens hiscere contrà .
Nunc vos ô iuuenes sublimis acumine mentis
(Vt vates Thebanus ait) comprendite nostri
Sensum animi : & diam virtutem pergite totis
Viribus amplecti, atq; amplis praeferre benignae
Fortunae donis; vt celsa è RVPE FOCATA,
Splendida tot vobis ynde ornamenta redundant,
Iam nec nobilitas, nec opes, nec gratia regum
                                    Scintillent

Scintillent adeò per Gallica, & extera regna,
Vt proprium decus amborum, illustriſsima virtus.
PICI etiam poſſem exemplum memorare Ioannis,
Quo nil mirandum magis exulit Itala tellus:
Cuius et Antipodes, nedum Thule vltima, et Indus
Iam norunt laudes, atq; indelebile nomen,
Verùm nota viri cui ſunt magis omnia tanti
Et ſtudia, & mores, quàm vobis? quos veneranda
A teneris primùm Picorum clara propago,
Inſtituit Mater, mox & dignisſimus omni
Curterius laude eius per veſtigia ad altam
Virtutis metam fauſto vos omine duxit.
Tum viſa ipſius tandem incunabula quantum
Ardorem auxerunt animis, celebrataq́; imago,
Diuiniq́; opus ingenij immortalia ſcripta?
Hinc ſtimulos, hinc & calcaria ſumitis vltrò,
Iam celeri curſu per vos Helicona petendo,
Artibus vſq; bonis intenti, & rebus honeſtis:
Vt iam verè aliquis, blandiri neſcius, ipſum
In vobis Pici exemplar ſe agnoſcere dicat.
Sit candore animi, morumq́;, ac ore venuſto
(Addidit hunc etiam large natura decorem)
Sic dulci alloquio, ſalibus, virtutis amore,
Et ſtudijs Picum, & lepida grauitate refertis.
Talia dicenti tum me propenſa voluntas
In veſtras laudes, tum res monet ipſa fauere,
Atq; etiam calamo quamuis ſubſcribere inerti.

Amplius

Amplius at vobis, quod P I C O defuit vnum,
Optem supplicibus votis ab Rege superno,
Nempe aeui longum spatium, viridemq́ senectam:
Quo generosa diu vestro laetetur honore
Progenies Randanorum, Rupiáq́ focatae.
Quóq́ magis tanto latè radiante per orbem
Virtutum splendore, potens se Gallia iactet,
Obductasq́ animis tenebras procul arceat omnes.
Bononia MDXXCII.

Ad HIPPOLYTVM AVGVSTINIVM Caldanæ Dom.
  Cum vitro ad Solis radios ignem accendente.

NON quia muneribus tecum, vir nobilis, ausim
    Certare, hoc primùm tibi mitto : náq; ego tāti
    Haud facio varios nostri (hoc si noīe dignū est)
Musaei ornatus, congestos vt simul omnes
Posse rear quoduis donorum aequare, benignè
Quae mihi iam toties & pulchra, & plura dedisti.
Sed licet exiguum, id magni tu in pignus amoris
Sume, precor. Si quidem non hoc te nomine tantùm
Diligo, quòd largius crebro me munere dignes,
(Quanquam me magis hinc etiam debere fatebor:)
Ast animi candor, tuáq́ illustrißima virtus
Hippolyte, & lepor eloquij, moresq́ venusti
Me tibi praecipuè vinclo obstrinxere perenni.
Quòd si purus amor, si in te propensa voluntas,
Si memor accepti, si mens tibi grata probatur;

                                          Cum

Cum fragili vitro haec etiam vultu aspice blando
Parua si nescentis mecum munuscula Musae.
Cui si quid maius meditanti aspiret Apollo,
Dedita quàm tibi sit, numero fors pluribus olim
Carminibus pandet, nitidas audebit & vndas
Fontis inexaustis laudum libare tuarum.

Ad HIERONYMVM GIGANTEM Ioannis F. Hieronymi Iurisconf. clariff. Nepotem.

ANNIS parue puer, sed iã nũc indole magna,
Quos cõsanguineus Semproni ex vrbe libellos
Mittit, summe libens, non parui pignus amoris.
Quàm vellem hos ad te mihi nunc perferre liceret,
Et te praesentem affari, tuaq́, ora tueri.
Nam quãquam haud facie, Antoni sed noīe tantúm
Sum tibi notus adhuc: tamen ipsum prorsus amantem
Esse tui, cupidumq́, velim, HIERONYME, credas.
Siue ita cognatus fert sanguis, siue parentis
Multa tui merita, ac virtus id iure requirunt:
Siue tuum ingenium, cuius iam laudibus absens
Delector, tanto nos in te inflammat amore.
O mihi contingat saltem te cernere coràm,
Cùm viridi aetate, & multis virtutibus auctus
Nobilia insistes vestigia patris, auiq́.
Et Venetum, magna turba comitante clientum,
Ingrediere forum, ac dum tu sermone diserto
Orabis caußas, subsellia plena stupebunt.

Haec

Haec sanè à teneris nunc te meditarier annis
Care puer decet, & studijs assuescere magnis .
At quamuis exempla domi, quae certa sequaris ,
Ipse habeas, nec non praeceptis patris abundes :
Hos tamen è manibus nunquam dimittere libros
Te moneo, tua deinde feret cùm firmior aetas .
Quos princeps latij sermonis Tullius olim
Diuino scripsit calamo, dum maxima Roma
Eluquio, imperioq́ magis florebat, & armis .
Saepius hos etenim relegenti & cópia largè
Effluet inde tibi verborum, & splendidus ordo .
Sic te crescentem Deus, & fortunet adultum ,
Ac per te gentem amplificet, nomenq́ Gigantum .

In solemni Translatione plurimarum Sanctarum
Reliquiarum ab Illustrissimo, & Reuerendiss.
D. Gabriele Card. Palæoto Archiepiscopo I.
Bononiæ celebrata Sexto Id. Sept. MDXCIII.

S A C R A *beatorum cinerum spectacula rursus*
Dilectae Gabriel patriae Pater optimus offert ,
Ecclesiamq́ suam pretiiso munere ditat .
AGRICOLAE *quondam,* VITALISQ. *ossa sepulchro*
Eruit obscuro, nitidaq́ locauit in ara .
Tum Mediolano rediens quàm plurima Diuûm
Pignora laetanti solemniter intulit vrbi .

Fauslinia-
ros Frisco
pus ij.Bon.
Inde ZAMAE *primi Pastoris, itemq́ secundi*
Felsinei gregis, insigni translata triumpho

Corpo-

Corpcra, odoratis è cedro condidit arcis .
Nunc Palaeotorum longo antè labore, pioó̧
Colleɗum ſtudio, atq; diu intra teɗa repoſtum
Theſaurum promens , oculos, & corda tuentum
Exhilarat ,nec non diuino inflammat amore .
Scilicet has populus Veneratus honore decenti
Sanɗas Relliquias,etiam feruentius ipſos
Caelicolas ſupplex in vota, preeesq́ vocabit .
Omnimodis igitur laetare Bononia, feſtam
Concelebrans pompam, tot tantiş́ auɗa trophaeis.
Praeſuli & innumeras grates age peɗore,(t) ore ;
Atq; tuae Vt valeat longum inuigilare ſaluti ,
Illi longæuam, viridemq́ precare ſeneɗam.

Ad ALEXANDRVM BVRGIVM Mutilianæ
        Priorem.
In obitu Ioannis Vicecomitis Mediolanenſis ,
     Vtriuſq; Signaturæ Referendarij.

N I tua, BVRGE , mihi probitas, doɗrinaq́ certis
      Iampridem indicijs adeò perſpeɗa fuiſſet,
      Vt penitus credâ, nil te ius praeter, et aequum
Aduerſum caros committere poſſe ſodales :
Neſcio quid noſtram poterat compellere muſam ,
Quo te mordaci properaret carpere iambo.
Miraris merito tibi conſcius, Vnde repente
Iſta ſit exorta, (t) quonam querimonia tendat .
Sed mihi num veniam geniali tempore ſpondes ,
                                        Senſa

Sensa animi ingenue si proloquar, annuis. ergo
Praebe incompositis patientem versibus aurem.
En tuus occubuit praereptus morte Ioannes,
Dimidium, vt prefers, animae, quem sanguine clarū
Extulerat vice gens Comitū, & cui maxima Roma
Ingenio, studijsq́ bonis, & moribus aequè
Florenti, magnos iam designabat honores.
Occidit ille (inquam) tibi, Burge, & flebilis Vrbi,
Nec tu nulla animi moerentis signa dedisti:
Sed nego amicitiae ius abste prorsus ad vnguem
Hactenus expletum: nam te licet vnus, & alter
Viderit ex oculis lacrymas, & curia tota
Audierit gemitus promentem pectore ab imo,
Egregij Iuuenis dum lamentaris acerbum
Funus, & orbatum quereris te dulcis amici
Congressu, salibus, sermone, lepore, iocisq́.
At tamen hinc laudes, nomenq;, decusq; perempti
Non praesens aetas passim, non postera nosset;
Ni tua, quo nequeat se vox extendere, culto
Docta manus calamo conscripta haec omnia chartis
Pluribus emittat iam nunc, itereiq; subinde.
Nempe hoc supremum extincto persoluere munus
Pridem debueras, & adhuc indignor omissum.
Non si perpetuis madeant tibi fletibus ora,
Assiduè & moestis repleas clamoribus auras,
Defunctum superas reuocare valebis in oras:
Illius at longùm; vt vigeat post fama superstes,
                                        Donec

Donec Etruscus erit sermo, atq; in honore latinus,
Quò magis ipse potes praestare, hoc & fore maius
Crede nefas, socij manes fraudare morando.
Querengi & Musam, tanto quàm Roma fauore
Prosequitur, quamq; ipse viri & virtutis amore
Suspicio, venerorq; libens, perq; omnia laudo;
Nunc tacitè increpitans compello hucusq; silentem,
Non modò virtuti praeconia debita laudum,
Sed proprios tumuli titulos, & lugubre carmen.
Ac si lethaeam ipsa etiam gustauerit vndam,
Aut ille ignota iaceat velut hospes arena.

Amonius
Queren-
gius.

MDXCV.

In tumulum Hieronymi Manutij Pauli filij,
obijt Ragusij.

HOc *puer egregia Hieronymius indole paruo*
Contegitur tumulo, quem docti filius ALDI
Progenuit Paulus, Venetaq̃ huc misit ab Vrbe
Grammaticam Bosio sub praeceptore docendum.
Sed dum nec puero ingenium, nec cura magistro
Deest, importunae secuerunt stamina Parcae.
Octauum vitae cùm pene attingeret annum.
Haec tibi fortè satis fuerit nouisse Viator,
At reliquos etiam libeat percurrere versus,
Vt magnum ediscas animi puerilis acumen.
Saepius ille bonum doctorem multa rogabat
Aetatem suprà. quis scilicet aurea caeli

Paulus Bo-
gus.

K   Sidera;

Sidera, & errantem Lunam, Solemq́ creaſſet ;
Quò ſe hic proriperet fugiens, aut vnde rediret ;
Cur minus illa die niteat , quàm noćte ſerena ;
Atq; huius generis ſcitari plura venuſtè .
Sed non vlla adeò reſponſa audire libenter,
Vt Caelum eſſe Dei ſedem, quò deinde piorum
Se referant animae, illius tum ſedis amore
Ardentem puerum mage, quàm ſit credere dignum,
Cernere erat, penitusq́ illam ſe optare ferentem .
Quin etiam aſſuetus iam verba latina ſonare ,
Haec hilari vultu non nunquam iterare ſolebat
Caelum ſuſpiciens, illuc aſcendere vellem .
Quod deſiderium ne maior frangeret aetas,
Maturè expleuit puero regnator olympi .

In Hæreticos tumultuantes in Gallia
ſub Carolo IX.

EHEV quã miſerũ eſt, populos memorare veneno
Lutheri infećtos . Germania, et Anglia pridem
Florentes ambae mira pietate, Deiq́
Cultu, quò ruitis? quis vos furor incitat amens?
Quis vos à capite ah membra infelicia magno
Cum ſcelere excidit ? Sed tu quoq; Gallia robur
Romanae ſedis quondam, diro omine tanta
Flagitia in nitidum potuiſti admittere corpus?
Tu ſacras aras, tu mille dicata per annos
Templa Deo, eruere, & foedis comburere flammis
                                                    Sanćto-

Sanctorum effigies, atq; insultare nefandis
Ausa modis rebus sacris, CHRISTIQ. ministris?
Nec puduit regni leges violare vetustas,
Regiam & insidijs prolem petijsse latenter,
Mox armis etiam, belloq́; lacessere aperto?
O mores, ò in peius labentia secla,
Quaenam tot nobis speranda est meta malorum?
Nempe manu hîc opus est magni Rectoris olympi,
Unus qui euersis potis est succurrere rebus;
Humanas quando nil profecisse medelas
Sentimus. sic ille benigna haud abnuat aure
Orantes veniam coetus audire piorum.

Ex Seneca de breuitate vitae. Cap. I.

MAxima pars hominũ queritur, Pauline, quòd.euũ
Natura exiguum dederit mortalibus, & quòd
Tam rapidè nobis decurrant tempora vitae,
Ut, vix exceptis paucis, dum viuere rectè,
Et sapere incipimus, fato subigamur acerbo.
Nec turba huic damno tantùm, atq; ignobile vulgus
Ingemit; est etiam clarorum audire virorum
Indecores questus. Medicorum maximus ille
Hinc vitam esse breuem, longamq́; expostulat artem.
Hinc & Aristoteles naturam incusat iniquam,
Nempè quòd incassùm innumeros indulserit annos
Cornici, & Ceruo: ast homini in tam multa creato,
Ac tam magna, breuis fluxi stet terminus aui.

K 2 Atta-

Attamen id falsò querimur, nec tempus habemus
Exiguum miseri, sed multum perdimus ipsi.
Longa satis vita est, & idonea rebus agendis
Pluribus, & magnis, si quis non negligat vti.
Verùm vbi per luxum, & curas defluxit inertes,
Tum demúm piget, ac animo transisse dolenti
Sentimus, quam non vnquam intelleximus ire.
Non igitur vitam angustam accepisse, sed vltrò
Nos talem proprijs vitijs fecisse queramur:
Nanq; inopes aeui haud sumus, at disperdimus aeuum.
Sicut regis opes si prodigus occupet, horae
Momento quamuis ingentes dissipat omnes.
At res, quam frugi custos possederit, Vsu
Crescereá, & longos potis est durare per annos.
Ergò qui, quodcunq; Deus concesserit aeui,
Maturè studijs solers impendet honestis;
Hic vixisse diu meritò, Pauline, feretur.

De Perseo Macedonum Rege captiuo.
Ex Tito Liuio lib. XLV.

AEMILIVS victo cernens ab Rege tabellas,
Supplice conscriptas calamo, et sine noïe regis:
Dicitur humanae forti illacrymasse; quòd ille,
Qui pridem Imperio non sat contentus auito,
Dardaniam auderet, longéq; inuadere fines
Illyrij, ac socijs Romani nominis vltrò
Arma inferre ferox, ipsosq; lacessere bello
                                    Romulidas,

Romulidas, nec non Italis minitarier oris :
Tum penitus regno extorris fugisset inermis
Insulam in exiguam, qua sacri denique fani
Religione, suis non tutus viribus esset.
Mox etiam in castra adduci vt conspexit eundem
Captiuum, sortis casum miseratus iniquae,
Porrigit afflicto dextram, & sic fatur amicè.
Vtcunque haec, Perseu, inciderint, seu dura subegit
Sors, siue imprudens aliquis te compulit error,
Iam bonum habere animum iubeo; nam casibus ante
Multorum Regum bonitas perspecta Quiritum,
Spem tibi, & indicia ostendit propè certa salutis.
Haec graeco sermone. Suis at deinde latinè,
Insigne ante oculos exemplum cernitis, inquit,
Quanta humanarum siet inconstantia rerum.
Praecipuè iuuenes vos huc aduertite mentem,
Disciteq́ in rebus nulli insultare secundis.
Nec facilè ancipiti praesentis credere ludo
Fortunae, CVM quid vesper ferat, incertum sit.
Is demùm vir erit, cuius non efferet vnquam
Prospera sors animum, sed nec contraria franget.

POMPO-

ANTONII GIGANTIS
FOROSEMPRONIENSIS
CARMINA ELEGIACA.

Ad POMPONIVM BECCATELLVM Caroli F.
Abbatiae S. Fabiani Vallis Lauini
Commendatarium.

OMPONI, *quae te nascentem ex-*
cepit in Vlnas,
    Et fouit casto Calliopéa sinu:
Illa tibi semper nutrix ceu sedula
    alumno
    Assidet, instillans nectar, &)
    ambrosiam.
Ac seu te Albini colles, &) prata morantur,
    It socia, &) dulci detinet alloquio.
Siue Academiam repetis, carosq́; sodales,
    Illa tibi numeros sufficit, illa sales.
Et proficiscenti Patauinam nuper ad Vrbem
    Praebuit illa ducem se, comitemq́; viae.
Quin decedenti pené ipso in limine molles
    Dictauit questus Phrasidemi, & lacrymas.
Phrasidemi inuité linquentis tecta Corinnae
    Dum longum hyberno sidere carpit iter.

                                    Et

Et ſibi cùm tantum, mi Beccatelle, laborem
  De te ſuſcipiat maxima Pieridum:
Mirabor, tibi quòd ſubeat facundia tanta,
  Et tam dulce tuo carmen ab ore fluat?
Non eadem noſtri iamdudum cura Thaliam
  Tangit, ſed veluti ſaeua nouerca fugit.
Vt́ģ emanſorem iam me aſpernatur, & odit,
  Nec vota infenſam, nec pia thura iuuant.
Me mea ſegnities ingratam ducere vitam
  Coget, & ignotum conſenuiſſe domi.
At te magna decent, magnis te rebus agendis
  Natum vel faſces, vel decora alta manent.
Te patrui magnos aequare decebit honores,
  Cuius virtutes, ingeniumq́ refers.
O mihi tam longos concedat Iuppiter annos,
  Vt quae mens claris proſpicit indicijs,
Aſpiciant oculi: fungenti vt munere ſacro
  Scilicet eximij ſit tibi cura gregis.
Huc ſtudia, huc mores, grauitas huc grandior annis
  Spectant, certus honos hic pietatis erit.
Firmior aſt aetas haec, & maiora repoſcet,
  Romaq́ virtutis praemia ſponte dabit.
Tu tamen interea complectere (quod facis) ipſam
  Virtutem obnixè viribus, atq; animo:
Contentusq́ illa ſic viue, vt tempore nullo
  Te ſperes maius poſſe parare decus.

ETSI

Ad PAVLVM BOSIVM.

ETsi inter strepitus agrestum, praelaq́ iuras,
  Te requiem membris vix potuisse dare;
Ne dum animum dulci interdũ recreare libello,
Interdum aut lepidos scribere versiculos.

Non tamen, vt credam, adducor, suauißime Bosi;
  Musam rure tuam tam siluisse diu.

Non ea desidiae, longi nec amica silenti est,
  Nec siccum calamum tam sinit esse tuum.

Nec te adeò hunc totum pinguis vindemia mensem
  Implicitum tenuit, continuusq́ labor.

Attulit ꝗ tibi festa dies saepe otia, quae non
  Turbarunt raucũ vocibus agricolae.

Nunquam igitur nobis satis excusatus abibis,
  Otia quód dicas nulla fuisse tibi.

Quare age quicquid habes, da nobis, Paule, legendum,
  Et me participem fac studij esse tui.

Da, per Virgilij te oro memorabile nomen,
  Perq́ tui Flacci. carmina docta, precor.

Seu duri Martis, teneri seu praelia Amoris,
  Seu ruris laudes, Paule diserte, canis:

Quicquid id est, nobis quàm primùm mitte, precamur:
  Nam tua vel cupidè candida scripta legam.

Cum

Ad NICOLAVM GOTIVM Archipresbyterum
Ragusinum.

DVM, GOTI, à sacro Becatelli Praesulis ore
    Pendes, atq; auida aure aurea verba legis :
    Estne satum Maia facundè audire loquētem
Quòd malis, Phoebum ve, Aonidum ve choros ?
Si mihi ritè tuos liceat recludere sensus,
    Hunc tibi magni instar numinis esse rear.

De Io. BAPTISTA AMALTHEO

PHOEBE tibi, & vobis dilecta fronde Camoenae
    Tempora Amaltheo cingite docta bono.
    Quandoquidem se se sublimi carmine priscis
Vatibus aequiparat iam, superatý, nouos.
Nam sibi seu vestras sumit contexere laudes,
    Seu canit Heroum fortia facta virûm.
Florea seu rura, ardentes seu dicit amores,
    Latè Hyalem syluas seu resonare docet.
Seu caris scribit socijs epigrammata : nemo
    Est, cui candidior versus in ore sonet.

Ad Eundem de ipsius carmine Crater inscripto.

VNVS ego in tota ne abstemius vrbe viderer,
    Tristis & in tanta laetitia populi.
    Hausi mane tuum summo Cratera, Ioannes,
Spumantens dulci nectare & ambrosia.

                L   Quem

Quem simul admoui lab˙ is, mihi visa repente
  Curarum solui compede corda graui .
At mox illa tibi diuino munere amice
  Deuinxti, extremo vix soluenda die .

De irrito Piscatu in litore Illyrico.

QVICVNQ. es, gracili qui nuper arúdine paruos
    Captabas rigido è litore pisciculos :
      Et nunc spe longa frustratus, arundine, et hamo
In mare proiectis, hinc stomachosus abis :
Siste gradum, nostrasq́; tuis adiunge querelas ,
  ·   Nam cáussa est tecum par mihi tristitiae .
Huc ego saepè miser descendi, nec fuit vnquam
    Pisciculum multis fallere posse dolis .
Ac mea ne posset culpari inscitia, tempus ,
    Et loca piscandi quòd minus apta legam :
Hìc Sol me exoriens, mediáq, ex axe reuisit ,
    Saepè laborantem me miseratus abit .
Atq; antehac alios hoc ipso è litore vidi
    Fiscellam multo pisce referre grauem .
Me mala sors vnam gaudet discedere tristem ,
    Exultat semper questubus illa meis .
Hìc te non antè inspexi, & fortasse laborem
  , Frustratum sentis nunc semel esse tuum .
At nobis, quoties ad litora venimus, omnes
    Iratos toties sensimus esse Deos .
Sicq́, operam amisi semper, sic tempus, & escam ,
                                              Hincq́,

Hincꝗ mihi caussa est maxima tristitiae.
Nunc age dic hospes tua nobis fata vicissim,
  Vlterius fari me ira, dolorꝗ vetat.
Quid mussas? num vox nimio compressa dolore
  Deficit, & clarè premere verba negat?
Me miserum, rebar socium reperisse malorum,
  Rursus decipior, barbara verba sonat.
Haec quoꝗ; dij nobis adimunt solatia, nemo
  Questubus vt possit testis adesse meis.
I tu, quaere, tuas valeat qui audire querelas,
  Hicꝗ resultabunt aspera saxa meis.
Vos scopuli testes, quoties per dura cucurri
  Litora, quàm lassus saepè domum redij.
Interdum madidam, scissamꝗ ab litore vestem,
  Interdum offensos rettulimusꝗ pedes.
Nunc primùm didici, vetitum quàm tendere contrà
  Arduus est homini, difficilisꝗ labor.
Quod nostris prudens oculis natura negauit,
  Quid iam fallaci persequar arte miser?
Haec alios posthac teneat vesana cupido,
  Quos rabida ingluuies, pauperiesuè trahit.
Me canibus potius lepores agitare fugaces,
  Et laxo damas fallere casse iuuet.
Aut pictis auibus varias innectere fraudes,
  Quas hominum solers repperit ingenium:
Per nitidos colles, nemora & per opaca, Metauri
  Insignis vitrea quà fluit amnis aqua:

L 2   Sem-

Semproniáq́ fori quà parua suburbia cursu
   Flexiuago, atq; agri pinguia culta rigat.
Salue dulce forum, & tu salue nobile flumen,
   Saluete ò patrij pulchra vireta soli.
En ynquam mihi vestro oculos satiare lepore
   Continget, longis temporibusq́ frui?
Dij Patrij, vos & praesentia numina, montis
   Quae iuga Semproni, quaeq́, tenetis aquas:
Iam nostras audite preces, miserescite nostri,
   Nos tandem Illyricis eripite è scopulis.
Tuq́, diu optatam lucem mihi, Phoebe, reducas,
   Qua neuere meos fata domum reditus.
Rite illic vobis, Superi, propè fluminis vndam
   Persoluam toties debita vota libens.

In Tumulum.

QVID circa Tumulum Charites mirare viator?
   Quid Phoebum, & passis crinibus Aonides?
   Parnassi decus immatura morte peremptum
Deflent, & sacro dona ferunt cineri.
At tibi si pietas, si virtus inclyta cordi est,
   Hunc quoq; tu decora floribus, & lacrhymis.

Ex Theocrito. Τὰ ῥόδα.

IANDVDVM vobis haec laeta rosaria florent,
   Serpylla & denso cespite, Pierides.
Hanc tibi, quae felix in colle virescit amoeno

LAV.

Laurus, iandudum Phoebe dicauit Acon.
At caper hic aram conſperget ſanguine Baccho,
Depaſtum vites auſus adire nouas.

Ex Eodem. Λ᾽ δ᾽ ἀλαντο Θύρσι.

AH cur *Daphni miſer tibi flendo exuris ocellos?*
Cur roſeas turpat lacryma ſicca genas?
Lethaeos potum riuos faecunda capella,
Et paſtum campos iuit ad Elyſios:
Latratu ſyluas implet Melancus: at illa
Iam perijt, rabidi praeda cruenta lupi.

Ex eodem. Νέασιον γ᾽ ὸν.

HIc *Eudeme iaces longa perfuncte ſenecta,*
Et magnis magnae muneribus patriae.
Nos tua ſolatur ſoboles te digna ſuperſtes,
Egregius patris filius egregij.
Iuppiter aeternûm meritos tibi reddet honores,
Deſeret aſt populus huic memor vſque tui.

Ad FRANCISCVM VARVM Pratenſem. Piſas.

NE, quòd nulla tibi veniant mea carmina, factû
Me, VARE, immemorem dixeris eſſe tui.
Quin potius quiduis credas prius eſſe futurum,
Quàm 'e dilabi pectore poſſe meo.
Nam mihi virtutemq́ tuam, moresq́, ſalesq́,
Qua lethe ex animo tollere poſſit aqua?

Nec

Nec minus ante oculos vrſantur plurima, quæ me
   Saepius admoneant commeminiſſe tui.
Et me ſiue bonis vacat oblectare libellis,
   Occurrit nomen tum mihi ſaepè tuum:
Hunc Varus legere, hunc Varus laudare ſolebat,
   Omnes ſe Vari prae monimenta ferunt.
Seu libet interdum cantu, fidibusué canoris
   Triſtitiam, & curas pellere corde graues:
Vare ades huc, inquam, liquidas tu flectere voces
   Doctus, tu facili pſallere dulcè manu.
Siue etiam quandoq; forum, vel compita circum,
   Siue ſuburbana me iuuat ire via:
Hàc mihi Varus erat comes, hîc praedulcibus aures
   Alloquijs ſolitus detinuiſſe meas.
O eadem noſtri interdum tibi cura recurſet,
   Nec fluxiſſe tuo me patiare ſinu.
Quàm timeo, ne te magnae celeberrimus Vrbis
   Conuentus memorem non ſinat eſſe mei.
Praeſertim Angelij ſi quando totus ab ore

P. Angelus Bargeus.

   Doctiloquo pendens aurea verba legis.
Ang:lij, vates quo non inſignior alter
   Cingit Apollinea fronde virente comas,

Guido Tegrimus Archidiac. Lucenſis.

Aut cùm Tegrimi excipiunt te tecta benignè,
   Iampridem Aonijs aemula dicta choris.
Atqui vel meritò obſeruas ſtudioſus vtrunq;
   Et meritò ingenio eſt captus vterq; tuo.
Quod tamen audiſti praeſens, ac ſaepè probaſti,

                          Hoc

Hoc etiam abfentem te meminiffe velim.
Caetera me facilè cuiuis concedere : at illi,
Qui te praecipuè diligit, effe parem.

Ad LVDOVICVM BECCATELLVM CAESARIS Filium.

PRISCORVM *moneo, LVDOVICE, volumina verfes,*
Vt tuus eniteat cultior inde ftylus :
Ac molle ingenium excipiēs fua femina, magnos
Mox referat fructus, vt benè cultus ager.
Ludicra nanq; femel fatis eft percurrere, plectro
Quae canit Hetrufco carmina Mufa recens.
Ne fidos fpernas monitus, fed linque paluftres,
Et Latij nitidas imbibe fontis aquas.

Ex Italico idiomate Latinè redditum.

ACCIPE *languidula, quae nūc tibi voce, Lycori,*
Ad ftrepitum Citharae carmina fera cano.
Quando ego non potui tota te luce videre,
Dum paßim huc iuuc anxius vfque vagor.
Saepè hodie fontem petij te propter, & agros,
At nufquam audita es, nullibi vifa mihi.
Vix tandem è foribus non difcedente Lycifca,
Te fenfi tacitam continuiffe domi.
Ecquae iam affiduè potuit te cauffa morari,
Quin femel in fpecula confpicienda fores ?
Fac amabò, mea lux, fummo te mane reuifam,
Longior haec anno nox erit vna mihi.

A

As

At tu fortè leui recubas euicta sopore,
Me Ioue sub gelido saeuus adurit Amor.

Aliud.

DVM blandis rigidum pectus mollire puellae
Conarer precibus, flebilibusq́ modis:
Ipsa sedens immota, diu permulta querentem
Est sibi me lacrymis passa rigare sinum.
Mox, vbi saeuitiae partem posuisse decebat,
Me miserum tristi perdidit indicio.
Nanq; sinu excutiens lacrymas, fluite, inquit, inanes,
En mea nil vestro pectora rore madent.

In Tumulum Io. Musonij Cremonensis.

QVt tumulos passim decoraui, & funera versu
Multiplici, haec ipsum saxa viator habent:
Musoni sacro quondam cognomine clarum,
Quod me Pierius iussit habere chorus.
Nil est, quòd sumas tibi nostrum ornare sepulchrum
Carminibus, seu hospes, seu mihi ciuis eris.
Haec neq; mî cordi, dum vixi, cura manebat,
Nam plura exstarent hîc monimenta mei.
Sat mihi erit, pura si spargens marmora lympha
Optabis requiem manibus esse meis.

In Penniculum ventorum indicem.

NON ita perturbant terras, atq; aequora venti,
Vt meniis requiem culpa, scelusq́ ruunt.

INDO.

Ad FABIVM BARDIVM.

INDOMITI *vt non semper equi calcaribus armos,*
  Nec lento asfiduus verbere terga premes;
  Sed faciles collo interdum laxabis habenas,
  Et gressu exultet liberiore, sines.
Sic pueri ingenium par est te flectere, Bardi,
  Quem sacram Aonij fingis inire viam.
Quòd si ille ignauus graditur, iam desine loris
  Indocilem, & saeuis solicitare minis.
Namq; expes operam perdit, quicunq; laboris
  Hinc laudem inuita Pallade ferre studet.
Tu verò ingentes age toto pectore grates,
  Votaq́ dijs superis debita solue libens;
Qui tibi tam laeto auspicio dant cernere natum
  Praestantem egregijs dotibus ingenij.
Cui neq; iam stimulis opus est, nec voce magistri,
  Sic agilis recto tramite currit iter.
Quiq́ adeò à teneris animo pulcherrima tentat,
  Pierij miro captus amore chori.
Queis igitur non ille queat se laudibus olim,
  Qua non laetitia te cumulare patrem?
Diuitias alij, atq; auram sectentur inanem,
  Et quae sors caeca fundit iniqua manu.
Munere tu hoc vno diuûm dicere beatus,
  Scilicet & magnas aequiparabis opes.
Non tamen idcirco maturum tempus, & annos

M   To

Te cupidum votis anteuenire decet.
Rusticus emollit longa spe ductus agellum,
   Et solers cultae semina mandat humo;
Mox glaciem, ac ventos tolerat patienter, & imbres,
   Dum referat gratas lenior aura vices. .
Iam laeti subeunt culmi, tum deniq́ multa
   Optati compos horrea fruge grauat.
Quicquid item mollis spondet, póst firmior atas
   Reddet, ne dubita, spes tibi certa manet.
Nunc animis requiem, nunc laxamenta benignus
   Indulge, & patruum tolle supercilium.
Nunc sine crescentes dulcis sopor irriget artus,
   Noscat & ingenuus tempora festa puer.
Ipse etiam semper non arcum tendit Apollo,
   Delia nec timidas concitat vsq; feras.
Poscit opem natura, minas fastidit, & horret,
   Atqui eadem placidum perferet imperium.
Haec vtcunq; tibi sat erit dictasse Gigantem,
   Dum bene tam nato, quàm cupit esse patri.

Ad EPIDAVRVM de LVCA SORGIO.

NAx magnas tibi gnauus opes mercator, & au-
   Defert, & multa nauita merce redit. (rum
At iuuené, Hetrusco qui te ex Helicone rauisit,
   Cinctus Apollinea fronde virente comas,
Excipe vel gaudens, atq; auri praefer aceruis,
   Nobiliusq́ tuum crede, EPIDAVRE, decus.

                                     Tales

Tales saepe tibi sic Flora remittat alumnos,
Clarius vt resonet nomen in orbe tuum.

In obitu FRANCISCI VINTHAE.

VIntha obijt, quis iam commissa attentius alter,
   Maioriue fide munia obire queat?
Extinctus Vintha est, quis carmine dignius altum
MEDICEAE *gentis nomen ad astra ferat.*
Ille adeò vnus erat tractare negocia solers,
   Atq; animum studijs applicuisse bonis.

In eiusdem Tumulum.

FRANCISCI *Vinthae monumentum. id noscere tand*
   Hetruscis fuerit, finitimisq́ satis.   (*tùm*
   At tu quisquis ades longinquis hospes ab oris,
Si plus scire cupis, carmina pauca lege.
Magni à secretis COSMI *hic fidissimus olim,*
   Et Phoebo, quantum sit pote, gratus erat.
Ergò multiplici ille virum decorauit honore,
   Egregio hic calamo scribere multa dedit.

OCTAVIANI HVMILIS ad ANTONIVM GIGANTEM.

NON *ego te genitum credo de stirpe Gigantum;*
   Pellere de caelo qui voluere Iouem.
Sunt montes altis imponere montibus ausi,
Immanisq́ furor terruit ille Deos.

          M   4   Ful-

Fulminibus sed mersa iacet Tellure sub ima
    Quas meruit paenas impia turba luit.
Tu tamen egressus caelo mibi crederis esse,
    Est nisi caelestis gentis origo tuae.
Est mihi iam notus frater tuus ante, Mineruae
    Arbor cui proprium nomen oliua dedit.
Illius est nulli virtus non cognita, claris
    Inseritur nostri temporis ille viris.
Es (doleo Antoni) serò mihi notus, abibis
    Vix visus, grauiter quod nisi iure feram:
Non licuit te posse frui, velut umbra recedis,
    Te nouisse mihi profuit ergo nihil.
Me tamen addictum magnis virtutibus esse
    Crede tuis, sterilis sim licet ipse senex.
Diceris eximius Vates, nulliq́, secundus,
    Absens absentem versibus oro bees.
I felix, manibus pro me des oscula fratris,
    Quem memorem credo nominis esse mei.
Ridiculos elegos cursim tibi lusimus, oro
    Faenore cum multo metra repone: vale.

Ad OCTAVIANVM HVMILEM.

QVIS nostrae, OCTAVI, notū tibi fecit agrestem
    Pieridis cantum, quae per opaca modò
    Vix nemora obstrepere icōptis audebat auenis,
Et versus rauca spargere voce rudes?
BENTIVOLVS certè, qualem me optauerit esse,

Fabius Bea
tiuolus Iu-
riscons. Fo
roseinpro-
niensis.

                                                    Num

Nunc etiam talem dixerit esse tibi.
Ille etenim pridem, nimio deceptus amore,
  Censebat nugas non nihil esse meas.
Sed quocunq; modo nostrum tibi nomen ad aures,
  Re paruum, & si quid nescio grande sonat,
Venerit: ò Poebi, & Musarum maxime cultor,
  Nae tu animi multùm es comis, & ingenui.
Qui me tam lepidis affaris versibus vltrò,
  Atq; prior nostram poscis amicitiam:
Conuictu dignus procerum, alloquioq̃ potentum,
  Virtutem si aequa pendere lance velint.
Quare ego, quod possum, grato tibi pectore grates
  Persoluo, & paucis innumeras numeris.
Nec non, tum propter Latoi insignia magni,
  Tempora honoratè queis redimita geris:
Tum propter dotes animi, morumq́ leporem,
  Ex quo etiam ignotos cogor amare viros:
Defero, polliceorq́ libens (hinc fucus abesto)
  Si quid inest in me virium, & ingenij.
Absentiq́ absens praestabo semper honorem,
  Atq; HVMILIS clarum nomen in ore feram.

Hetruscum Michaelis Angeli Bonarotae carmen latine redditum.

ETsi spes annis nondum contenta peractis,
  Promittit vitae tempora longa mihi.
Non tamen impigrae mea Parcae fila retardât,

Nec

Nec mors non celeri me petit atra pede.
At quid iam plures annos, mendosáq́ vitae
   Commoda mortales expetimus miseri?
Si plus viuendo nobis nil prosumus ipsi,
   Irritantáq́ magis noxia facta Deum.
Quoq; animus rebus terrenis arctius haeret,
   Exulat aeterna longius à patria.
Omnipotens Caeli Rector tu dirige gressus
   Nostros, quà certo tramite tendit iter.
Da vafri illecebras hostis nos temnere, & vnum
   Te colere, & semper commeminisse tui.
Vt iam nunc caeco mens carcere clausa, beati
   Te duce praelibet gaudia summa chori.

In Liuorem.

LIVOR abi, è nostris & te citò proripe tectis,
   Regnáq́ Persephones tristia tristis abi. (tris
   Atq; tibi te Eumenidū in gremijs, & crinibus a-
Conde, ibi & omne tuum virus amare vome.
Nam me nequicquam tibi subdere subdole tentas,
   Et frustra rixas suggeris, atque odia.
Non ego (quod fateor) quamuis mala carmina fingam,
   Inuideo, si cui pulcher Apollo fauet.
Quin laetor, necnon aliena poemata laudo
   Ingenuè, vates deueroróq́ bonos.
O nostro hanc mentem contingat habere sodali,
   Audiat ille magis iam, blateretq́ minus.

NVNC

Ad N. Oeconomum.

NVNc tibi gratarer susceptum ob munus amice,
  Cōmoda si qua foret nostra habitura domus.
  Népè vices aliàs cùm mense haud amplius vno
Antimachi gereres , durus & asper eras .
Furfuream vereor Cererem, impurumq́ Liaeum,
  E patina in prunas incidimus miseri.

Ad PAVLVM BRVNORVM.

SERA tibi veniunt haec carmina, Paule diserte,
  Sed te non serus noster adiuit amor .
  Ille libens istuc tacitus nam saepè recurrit,
  Assidet aut potius sedulus vsque tibi.
Non aestus illum, non venti, aut frigora tardant,
  Hanc eat assiduè quin, redeatq́ viam .
Sic te, cumprimùm tua cernere contigit ora,
  Inq́ animo semper post , oculisq́ fero.
Hinc Masij per se dulces, lepidaeq́ tabellae,
  Iam nobis dulces sunt, lepidaeq́ magis:
Quòd de te verbis permulta loquuntur amicis,
  Et rectè vt valeas, & referunt, quid agas .
Nec referunt modò, sed praebent quandoq; legenda
  Carmina, quae pangis compta, & amabilia.
In quibus & nostrum curas intexere nomen ,
  Quod facit, vt noster plus quoq; crescat amor.
Sed mihi dum nimium tribuis, Brunore , caueto,

Ioa. Bapti-
sta Masius

Ne

Ne tibi iudicium detrahat acre virûm:
Te damnans, quia me indignum tot laudibus ornas,
Quot Phoebi Vates condecorare decet.
Ipse quidem haud proprias illas agnosco, benigni
Indicia ast animi sunt mihi grata tui.
Tu virtute tua me fors metiris, & ima
Tellure implumem tollere ad astra cupis:
Sed male dum sequitur quondam vestigia patris
Icarus in praeceps decidit arte rudis.
Ergò ignota domi mecum mea musa senescat,
Et petere alta timens iam sine serpat humi.
Non tibi, qui doctae mereant praeconia vocis,
Deerunt, hoc quando lemma libenter amas.
Mi verò sat erit, si te pagella vicissim
Interdum memorem nuntiet esse mei.

In tumulum Alexandri Magni:

CONDERIS exiguo Macedo rex magne sepulchro,
Cui pridem totus non satis orbis erat.
Terrarum victor, te vincere nescius ipsum,
Nunc mortem extinctus vincere posse negas.

In adolescentulum ense accinctum:

CVM tu fulgenti, Polydore, accingeris ense,
Quis te non ausit dicere Marte satum?
Qui verò forma tali te spectat inermem,
Cur dubitet, tibi sit quin Erycina parens?

FRAGRAN-

In pallentes violas.

FRAGRANTES *violæ, niveas queis pulchra papillas*
Induet, ac molles cinget Hyella comas:
Palliduli caufam veſtri ſi forte coloris
Vos roget, haec aliquo reddite verba ſono.
Dum miſer iratam deplorat Thyrſis Hyellam,
Creſcentes triſti nos aluit lacryma.

Ad LAVINIAM FELTRIAM de Ruuere Chriſtophori Cefali nomine, cum floribus fericis.

HOs humilis *Cefali tibi flores hortulus offert,*
Queis nitidas ornes, inclyta ſponſa, comas.
Quanquam non ipſi Hesperidũ, nec Adonidis
Digna queunt meritis mittere dona tuis. (horti
Vſque adeò totum celebris tua forma per orbem
Quod pulchri eſt vſquam vincit, & omne decus.
Verùm illam eximijs animi virtutibus auctam,
Florentemq́, bonis artibus, & ſtudijs,
Quis ſtupeat ſatis, & merito veneretur honore?
Quis dignè valeat concelebrare ſtylo?
Scilicet egregios culta educat Vmbria Cygnos,
Qui ſublime tuum nomen ad aſtra ferent.
Fama etiam volitans calamos, & plectra ciebit,
Et Vatum quot habet Phoebus vbiq; choros.
Nemo tamen plenè numeroq́ & fine carentes

N   Se

Se iactet laudes explicuiffe tuas.
Ac noua ne defint ynquam praeconia laudum,
   Ecce Hymenaeus adeft omnia laeta ferens.

Alphonfus Felix Aua-los Valli, & Pifcariæ Marchio.

Et claro Heroum prognatum fanguine fponfum
   Ominibus fauftis nunc tibi ducit ouans.
Aemulus ille patris iam nunc Virtutis, aniq́,
   Gnauiter excelfum culmen honoris adit.
Sed quis me flores curfim per quadra legentem
   Ad facra deduxit limina Pieridum?
Incautè erranti Vos caftae ò parcite Diuae,
   En oculos retrò iam, referoq́ pedem.
Tu quoq; da veniam, LAVINIA, & ore benigno
   Sufcipe quicquid id eft hortuli, & ingenij.
Sic tibi contingant tot gaudia, litus arenas,
   Et quot habet guttas aequor, & aftra polus.
Sic Deus, aeterno qui Vos coniunxit amore,
   Te digna, & tanto coniuge prole beet.

De GABRIELE PALÆOTO Cardinale prandente apud Carolum Sigonium.

ACCVMBIT menfae Sigoni GABRIEL, hoc eft,
   Virtutem Virtus officiofa colit.
   Ordinis eximij fplendore illuftrior ornat
Hunc pietas, animi & candor, & ingenij.
Infignem florente ftylo, fcriptisq́ difertis
   Illum Vel meritò maxima quaeq; decent.

                                  Gabriel

GABRIEL ergò viri obsequio dignißimus, atq;
Sigoni tanto est Praesule digna domus.

Ad OCTAVIVM ACCOROMBONIVM
Episcopum Forosempronien.
affinium puerorum
nomine.

MAGNA quidê, magne Antistes, te dona decerēt:
Nos verò parui munera parua damus.
    Tu tamê accipiēs haec vultu admitte benigno,
Hincq́ etiam summi natum imitare Patris.
Qui non magna sacram iactantes munera in arcam
    Laudauit; sed anus æra minuta duo.

Ad CHRISTOPHORVM CEFALVM,
cum Q. Horatij Flacci poematibus,
Lambini cõmentarijs illustratis.

QVANTI se faceres pridê, quàmq́ vnice amares,
    Semproni audierat Flaccus ab vsq; foro:
    Quare animi candore tui, ingenyq́ lepore
Ille etiam nunc te Cefale captus adit.
Vestis squalorem contraxit frigore, & imbre,
    Sed tamen est toto corpore conspicuus.
Hunc ergò excipiens gaude: nam laetor & ipse,
    Quòd fuerim vobis auctor amicitiae.

Ad CAMILLVM PALAEOTVM Senatorem Bononiensem de laudibus Ruris.

VITA hominis, benè qui canos sibi cogitet annos
Viuere, ab vrbe procul laetus agellus erit.
Villa vbi prospectans in colle assurgat amoeno,
Et fontis vitream quercus obumbret aquam.
Maturè huc adeat, superant dum corpore vires,
Nec vincit validos tarda podagra pedes:
Copia librorum mentem comitetur ab omni
Explicitam cura, quam nitor Vrbis alit.
Mensa abiegna toris hic longè praestet eburnis,
Vasaq; concedant aurea fictilibus.
Sint procul arte cibi nimia, sumptuq; parati,
Nec parca expectet vina falerna sitis.
Hortus, & ipsa cohors, succidia, & hirta capella,
Vel lautas poterunt suppeditare dapes.
Rusticus interdum vicino e flumine molles
Pisciculos domino munera grata feret.
Interdum leporem, aut deceptas arte volucres
Deferet, incompto sedulus obsequio.
Ipse domi certas studijs nunc diuidat horas,
Liber in apricis nunc spatietur agris.
Caelicolûm regem supplex in vota, precesq;
Saepè vocans, illo auspice cuncta gerat.
Vere rosas errans, & per laetissima flores

Prata

Prata leget, paſſim dulce querentur aues.
Aeſtiuos viridi Soles vitabit in vmbra,
  Et quaeret primi frigora opaca die.
Mox dulces carpentem vuas ſpectare iuuabit
  Agricolam, & forti mitia poma manu.
Tum vigil hybernas extendat lumine noctes,
  Et duras hyemes arceat igne focus.
Interea abſentes compellans carmine amicos,
  Laudibus in Caelum rura beata ferat.
Interdum hoſpitio narrantem Vrbana ſodalem
  Excipiens, memori plurima mente roget.
Inſolitos faſces, & ludum ſortis inanem,
  Illius aerumnas audiet, huius opes.
Tunc magis obfirmans vitam laudabit agreſtem,
  Hanc colet, hanc regum praeferet imperijs.
Cui ſic continget ſenium traducere, porrò
  Corporis atq; animi eſt tuta reperta quies.
At tibi, patrone illuſtris, licet omnia laeta,
  Cedere & ad votum proſpera cuncta precer:
Non tamen haec adeò optarim liberrima ruris
  Ocia, vt vrbe omni tempore abeſſe velis.
Id tibi nec Genius, nec amicus ſuadeat auctor,
  Cui tuus in patriam ſit bene notus amor:
Quive tuam norit virtutem in rebus agendis,
  Quàm multos opera, conſilióq; iuues.
Culta igitur quamuis vario Argentina lepore
  Geſtiat aſſiduè te retinere ſinu:

Rus Palmo-
corum

Eme-

Emeritum senium, & longos cum laude labores,
 Clarorum (?) memorans facta imitanda virûm:
Propositi tamen ipse tenax hoc adde sequendum
 Ciuibus exemplum, magne Camille, tuis.
Publica priuatae nempè anteferenda quieti
 Commoda, dum rectè membra, animíq; vigent.
Hactenus ergò pater conscriptus rura frequentes,
 Curia ne absentem, ne doleatvè cliens.
Discat & hunc vitae duce te seruare tenorem,
 Qui patriae ex animo dicier optas amans.

Ad eundem.

TV nimium tardos reditus miraris: at ipse
   Miror quî potui tam redijsse citò.
   Non ostentat enim multas hinc inde expressos,
Pinusvè hospitibus laeta Croara suis:
Sed plenis calathis ficus apponit, & vuas,
 Vnde tibi haec etiam cista Patrone venit.

Hierony
mus Ghi Ruris amatori quam mittit ruris amator
sellus. Ghisellus, tam vir, quàm citharista, bonus.

Epicedium in funere CAROLI SIGONII.
Qui obijt 28. Aug. 1584. annum agens 63.

CARMINIBVS ne tuû, doctissime Carole, funus
   Prosequar, an lacrymis? Vndiq; namq; mihi
   Surgit materies ingens. quî triste feretrum
Euasleam siccis cernere luminibus:

                                    Corpus

Corpus vbi exanimum, vegetoq́ carentia sensu
  Tam cari capitis, hei mihi, membra iacent?
Quîue illud potero, vnde auidus pendere solebam,
  Aspicere os clausum, perpetuóq́ silens;
Et moesto gemitu, ac largo non prodere fletu,
  Viscera quàm saeuus torqueat ima dolor?
Os quondam eloquij flumen, sic diuite vena
  Manans, Eridani iugis vt vnda fluit.
Nunc aestu nimio morbi siccaris acuti,
  Nos verò miserè torret anhela sitis.
Nec minus illa mihi moerorem languida praefert
  Dextera, tam celerem docta mouere stylum;
Dum subit, heu scriptis quot iam spoliabitur orbis,
  Heu quanto historiae lumine cassus erit.
Ast ego tristitiae si causas persequar omnes,
  Illacrymem frustra, discrucierq́ nimis.
Forsan & haec adeò lugubri naenia cantu
  Nequaquam est animae, Carole, grata tuae.
Quae nunc exultans terrenis libera vinclis
  Gustat caelestis gaudia summa chori.
Sic sperare iubet tua non ignauiter acta,
  Et recti, & sancti vita pudoris amans.
Et quae decumbens extremò signa dedisti
  Chisticolae gestu, voce, oculúq́ pij.
Haec siquidem repetita tuos solantur amicos,
  Hincq́ benè esse tibi commemorare iuuat.
Scilicet immitis propellere spicula mortis,

                                        Serius,

Serius, aut citius quin feritura cadant ,
Haud generi humano concessum: sternimur omnes ;
  Hac homines nati conditione sumus .
Ipse etiam Caeli rector (mirabile dictu)
  Carnea membra gerens, Virgine matre satus ,
Laethales ictus excepit sponte : quis ergò
  In terris vitam non moriturus agat ?
Cui verò fuerit cursus cum laude peractus,
  Et palma, & requies hunc sine fine manet .
Hoc opus, haec omnis nostrorum est summa laborum :
  Vae qui diverso tramite carpit iter .
Nos igitur iam nunc te praemia remur adeptum ,
  Tum proprijs meritis, tum miserante Deo .
Si quid & obstat adhuc, te iusta haec ritè soluta
  Credimus, ac humiles posse iuuare preces .
Atq; ita dum prodesse tibi certabimus omnes ,
  Tristitiae id nobis dulce leuamen erit .
Nec iam te amissum , sed praemisisse seremus ,
  Ac velut absentem noster adibit amor .
Quin tua vel semper nobis praesentia sistet
  Ora, & te nostris inseret alloquijs .
Praeterea magnum solamen gloria praebet ,
  Quae clarum sequitur nomen vbiq; tuum .
Et quae priscorum melioribus aemula scriptis
  Panxisti egregio tot monumenta stylo .
Haec magis atq; magis per saecla futura vigebunt ,
  Sicq́ tui magna parte superstes eris .

Quis-

Quisquis enim Latij cultor sermonis auebit,
   Romani antiquum noscere itus Populi,
Atq; magistratus, leges, subsellia, vestes,
   Et fastos miris cuncta notata modis:
Perdiscet facilè, tua docta volumina versans,
   Grandis & ingenij grande stupebit opus.
Attica item nobis per te Respublica nota est,
   Iudaeae & mores, priscaq́; sacra patrum.
Quid dicam Italici historias quanto ordine Regni,
   Et studio occidui scripseris Imperij?
At numerare tuos, longum est, quos perlegit orbis
   Iam libros, vel quos hactenus arca tegit.
Prodibunt omnēs: quis enim sic inuidus ausit
   In commune bonum non reserare manus?
O me felicem, cui iam percurrere partem
   CAROLE te viuo, teq́; iubente datum est.
Vsque adeò mihi largus eras, & comis amicus,
   Quo mage par fuerit, sim memor ipse tui.
Sed videt ille meam, qui nouit & omnia, mentem;
   Fors Caeli è specula tu quoque cernis eam.
Nomen ibi, & tua sic infixa manebit imago,
   Vt non insculpi firmius ære queat.
Hi verò exigui versus me vtcunq; supremum
   Munus amicitiae praeterijsse negant.

In eiusdem effigiem.

COTIDIE plures homines nascuntur, at vnum
   SIGONIVM raro secula plura ferunt.

       O   EXIGVOS

Ad Balthasarem Finivm.

EXIGVOS *numero, at multo candore refertos,*
Vndiq; & vndantes nectare, & ambrosia,
Accepi exultans, FINI *dulcißime, verſus*
Sincerae gratum pignus amicitiae.
O quae, illos relegens, tacitè ſum corde locutus,
Dum mentem inde tuam miror, & ingenium.
Illam tam noſtri memorem, crebrisq́ benignè
Certantem officijs me cumulare ſuis.
Hoc adrò praeſtans, & carmina pangere felix
Perlepido, ac facili, multipliciq́ ſtylo.
Tum mea, quae longas poſſent implere tabellas,
Annuerat grates dicere Muſa tibi.
Saepius at dudum reſcribere plura parantem,
Et verba, & numeri, deficiuntq́ modi.
Sic mihi deſuetudo, & mollis inertia ſenſim
Caſtalij guſtum ſurripuit laticis.
Si tamen illo vnquam tinxi labra arida fonte,
Illius aut me vllo tempore cepit amor.
Tu verò ne dum haec oculis, ſed acumine mentis
Luſtrans, pagella perlege multa breui.
Vincentius *Praeſertim hoc vnum* (GERIO *mihi teſte viciſßim*)
Gerius Pi
ſurienſis. *Quòd totus iam animo ſum, ſtudioq́ tuus.*

In horologium Solare.

NEQVICQVAM *Solis curſū ſpeculatur, et horas,*
Quiſquis inutiliter tempus abire ſinit.

DESINE

Ad IVLIVM CÆSAREM IOANNINVM.

Desine mordaci contractam frigore Musam
Carminibus crebris solicitare meam.
   Quin potius fomenta mihi impertire poesis,
Quae solet in Veneto condere cella cado.
Cretica namqᵢ hodie dederis si vina, trecentos
Versiculos summo cras tibi mane dabo.

De Vite Cupresso adiuncta.

Lethifera en etiã gaudet te Bacche Cupressis,
Et tua se circùm serpere dona sinit.
   Forsitan inuisum gestis deponere nomen,
Laetior & fieri palmite iuncta tuo.

Citrus arescens sub Cupressu.

Si mihi lethalis superimminet arboris vmbra,
Quid mirum, non me posse virere diu?

In Laurum.

Et serere hanc laurũ, & crescentẽ Phoebe tueri,
Hactenus Antiphili sedula cura fuit:
   Dum potuit sperare, nouis vt versibus olim
Emerita hinc victor serta referret Acon.
Sed quoniam ille tuas artes, & praemia spernit:
Pace tua haec auibus postmodò nidus erit.

Ad BALTHASAREM FINIVM.

EXIGVOS *numero, at multo candore refertos,*
Vndiq; & vndantes nectare, & ambrosia,
Accepi exultans, FINI *dulcißime, versus*
Sincerae gratum pignus amicitiae.
O *quae, illos relegens, tacitè sum corde locutus,*
Dum mentem inde tuam miror, & ingenium.
Illam iam nostri memorem, crebrisǿ benignè
Certantem officiis me cumulare suis.
Hoc adèò praestans, & carmina pangere felix
Perlepido, ac facili, multipliciǿ stylo.
Tum mea, quae longas possent implere tabellas,
Annuerat grates dicere Musa tibi.
Saepius at dudum rescribere plura parantem,
Et verba, & numeri, deficiuntǿ modi.
Sic mihi desuetudo, & mollis inertia sensim
Castalii gustum surripuit laticis.
Si tamen illo vnquam tinxi labra arida fonte,
Illius aut me vllo tempore cepit amor.
Tu verò ne dum haec oculis, sed acumine mentis
Lustrans, pagella perlege multa breui.
Vincentius *Praesertim hoc vnum (*GERIO *mihi teste vicißim)*
Gerius Pi
Auxienfis. *Quòd totus iam animo sum, studioǿ tuus.*

In horologium Solare.

NEQVICQVAM *Solis cursū speculatur, et horas,*
Quisquis inutiliter tempus abire sinit.

DESINE

Ad IVLIVM CÆSAREM IOANNINVM.

DESINE *mordaci contractam frigore Musam*
Carminibus crebris solicitare meam.
Quin potius fomenta mihi impertire poesis,
Quae solet in Veneto condere cella cado.
Cretica namq; hodie dederis si vina, trecentos
Versiculos summo cras tibi mane dabo.

De Vite Cupresso adiuncta.

LETHIFERA *en etiã gaudet te Bacche Cupressus,*
Et tua se circùm serpere dona sinit.
Forsitan inuisum gestit deponere nomen,
Laetior & fieri palmite iuncta tuo.

Citrus arescens sub Cupressu:

SI *mihi lethalis superimminet arboris vmbra,*
Quid mirum, non me posse virere diu?

In Laurum.

ET *serere hanc laurũ, & crescentẽ Phoebe tueri,*
Hactenus Antiphils sedula cura fuit:
Dum potuit sperare, nouis vt versibus olim
Emerita hinc victor serta referret Acon.
Sed quoniam ille tuas artes, & praemia spernit:
Pace tua haec auibus postmodò nidus erit.

O 2   HANC

Aliud.

HANC iterum Antiphili seruat custodia laurum,
Et ferrum, & nocuas hinc vigil arcet aues.
Quãdoquidẽ ad magnas illũ spes firmat Aconis
Ingenium. hoc etiam sit tibi Phoebe ratum.

Aenigma de Iusculo concreto, vulgo dicto, Gelatina.

PRIMVM durus erã neruus: dein munere Bacchi
Mollitum condit me crocus, atq; piper.
Tum nitidae Veneris teter fuligine coniux
Dissoluens in ius me violenter agit.
Iupiter at gelidus rursus constringit in vnum,
Perspicuumq; vitri donat habere decus.
Ingluuies. Demum Scylla vorax rabido sub gurgite mergit.
Quòd si me inuenies, Oedipus alter eris.

Ad AVGVSTINVM BRVNVM.

CVR Carneualem tempus geniale vocemus,
Quaeritur, & quidnam vox velit ista sibi.
An quia tunc venit caro carius? improba quãdo
Ingluuies ventrem tunc mage carne replet?
An quia post paulò ieiunia sacra recurrent,
Quo sanos vesci tempore carne nefas:
Non secus ac dulcem si quis dimittat amicum,

Dicimus

Dicimus & carni, iam caro amica vale.
An quia (& haec vtinam ratio non verior effet)
Tunc validae carnis praeualet imperium?
Ipfum hominem, ritu Patrum, voco nomine carnis:
De pecudis tantùm non ego carne loquor.
Haec caro quid Valeat; quae Ve illis cura diebus
Sit potior, cuiuis fatq; fuperq́ patet.
Nec mihi nunc animus Satyram contexere fuadet,
Confcia quem miferé propria culpa premit.
Sed paſsim dat ſigna caro, tunc oppida & agros
Vt Vex:t foedis imperiofa modis.
Haec tibi, BRVNE, Gigas ludebat feria; nunc tu
Candidus imperti, ſi melius quid habes.

IVLIANI GIRALDI Ad ANTONIVM GIGANTEM.

TEMPORIS antiqui, ſileat fera turba Gigátum:
  Nam nouus eſt noſtro fortior orbe Gigas;
    Magno illos magnas habuiſſe in corpore Vires,
    Montibus & Montes impofuiſſe ferunt;
Non potuere tamen veluti mens Vaſta ferebat,
  Culmine Sidereas exuperare domos;
Hic, animi egregio praeclarus robore, Montes
  Montibus impoſitos, ſic fuper alta tulit,
Sidereum Vt fuperent orbem, penetrarit & ipfe
  Sidereas fedes, Sidereasq́ domos;
Ergo nouo antiqui cedant nunc iure Gigantes,
  Cedere quando animo corpora iure decet.

QVALIS

Ad IVLIANVM GIRALDVM.

QVALIS qui solitus quondam florente iuuenta
  Ad strepitum citharae molle mouere latus.
    Mox senio inualidus iuuenum si forte choreas
Spectet, vel notos hauriat aure sonos :
Saltantum gestus animo comitatur, & ore,
  Nunc humeros quassat, nunc pede pulsat humum.
Talis & ipse tuae ad cantum, GIRALDE, camoenae
  Haec lusi calamo carmina pauca rudi :
Pro numeris numeros vtcunq; referre vicißim
  Dum conor : vetuit nam reticere pudor.
Agrestis siquidem speciem praeferre videbar,
  Ni tibi amicitiae mutua signa darem.
Sunt tamen ista tuis longè inferiora, sed aurum
  Ferrea nequaquam fundere vena potest.
Quòd si aliquis nimium blandus, nomen vè Gigantis,
  Grande sonans, at vim Pumilionis habens
Imposuit tibi, quo sublimem ad sidera tolli
  Censueris dignum, qui malè serpat humi :
Haud tu te falles, iuuenis lectißime, si me
  Totum animo, ac studio reberis esse tuum :

Ad FABIVM ALBERGATVM,
virum clarissimum.

FELIX, qui laxas linguae moderatur habenas,
  Sermo vt inutiliter nullus ab ore fluat.

                                        Atqui

Atqui ego non is sum, vir praestantißime. quin ò
 Felicem, haec si me noxia sola premat:
Quòd si solicitus, nostri cùm docta Sigoni
 Conquererer nimium scripta latere diu,
Dixi aliquid, tibi quod fuerit fortaße molestum?
 Poenitet, ac potius conticuiße velim.
Me tamen ingenua credas tunc mente locutum;
 Quanquam animi haud semper promere sensa decet.
At veniam tandem poscens erraße fatebor,
 Et quiduis faciam, perpetiarq́ libens:
Dum nec amicitiae vinclum res ulla resoluat;
 Mutuus in nobis nec minuatur amor.

In Obeliscum Vaticanum.

IMMENSAE molis lapidem, quem magna secundò
 Erectum tanto Roma stupore videt:
Auricomo votum Phoebo sacrauerat olim
 Fertilis Aegypti vana superstitio.
Tempore post si longo Tyberina ad litora vectum
 Augustis patri Caius, auóq́ dicat.
Sed meliore pium auspicio translatus in vsum,
 SIXTI operum QVINTI postmodò teßis erit.
Felici imperiv cùius surgebat in ampla
 Hac platea, extollens signa beata Crucis.
Dum Princeps idem purgat latronibus agros,
 Et Vaticanas prouidus auget opes.
Atq́; vias sternit maiora ad templa patentes;

Longin.

Longinquo & priscas fonte reducit aquas:
Dumóq́ alios Vrbi ornatus molitur, & Orbi,
Maxima solerti commoda mente parat.
Hae tibi semper erunt artes, Pater optime SIXTE,
Haec studia ingenij sunt memoranda tui.
Sic ille in terris felix tibi proroget aeuum,
Claudere qui Caelos, & referare dedit.

LATINO LATINIO ALOYSIVS AMORINIVS.

Camillus
Palæotus.
QVAS *tulit apricis Argenti villula campis,*
   En oleae, ne sperne, tui sunt dona Camilli.

LATINIVS AMORINIO.

IMMATVRA *nimis lecta est, me iudice, oliua,*
   Argentina mihi quam misit, grata Camillo.

AMORINII nomine ANTONIVS GIGAS.

DVLCIS *ab ore fluit sermo tibi, dulcis & ipse*
   Es totus, sunt & dulcia amica seni:
Hinc gustum exiguus tibi torsit amaror oliuae;
   Quem tamen Hispanus, totáq́ Roma probat.

LATINIVS.

NVLLVS *inest oleis, qui nos offendat, amaror,*
   Sed quae dura nimis, sicca, & acerba caro est.
Quam vix conficiunt praestantes robore dentes,
   Aut possunt tenuem demere ab osse cutem.

Quæ

Quas si post paulò legeretur adultior, esset
   Grandior ipsa caro, gratior ipse sapor.
Hanc facile & dentes iuniorum, & pigra senectus
   Conficeret, genitis viribus orba licet.
Haec si seruetur ratio, maturior ipsa
   Protinus haerentem respueret nucleum,
Dulcior ac tenero fieret de corpore gustus,
   Et sapidae carnis copia grata magis.
Pendeat in finem librae satura vbere matris
   Filia, si nostrum consilium sequeris.

GIGAS.

TANDEM Argentinae didici quid desit oliuae,
   Dentibus atq; tuis cur minus apta fuit.
   Quòd tamen ante aliter sensi, sit amabilis error,
Quin male opinantem poenituisse piget.
Nomine quandoquidem hoc rursus tua carmina legi,
   Quae plura vt numero, sunt mihi grata magis.
Ibunt & nostro gratißima dona Camillo,
   Qui magni, vt semper, te facit, atq; tua.
Excipietq́; libens oleae praecepta legendae,
   Non secus ac magnus si daret illa Maro.
Cernere iamq́; illum videor per aprica vagantem
   Rura, oleum, flores quae magè laeta ferat,
Designare oculis, tuum sic mandare colonis:
   Huic cultum, huic animos, huic adhibete manus,
Grandior vt foetus sit; sed postrema legatur;
        P   Edicam

Edicam vobis ipfe, vbi tempus erit.
Dein bacas ritè ancillis curare iubebit,
   Nec fpernet coniux ipfa minifterium.
Vt quas tam lepido praefcribis carmine dotes,
   Lecta fuo referat tempore oliua tibi.
O vtinam praefens Paleoto haec dicere poffes,
   Inq́ Argentinis collibus ire comes.
Gaudia quanta forent: vt eum oftendiffe iuuaret
   Multa, ibi quae folers eft operata manus.
Ordine difpofitas plantas, topiaria, & hortos,
   Profpectu & vario comp.ta, quadra, vias.
Tum pinus longa ferie paßim, atq; cupreffos,
   Quantas Felfineus non ager omnis alit.
Infpiceres & apum vitrea illa aluearia, fcriptis
   Mellifluis pridem concelebrata tuis.
Denique ni tabulas illic, & figna requiras,
   Aut largos fontes, marmoreasuè domos:
Te villae, atq; agri modus oblectaret amoeni,
   Et cultus fimplex, munditiesq́ loci.
Omnia in obfequium tibi tunc geftire videres,
   Et fieri aduentu cuncta iti laeta tuo.
Sed quid ego Argenti nimio pellectus amore
   Te Pater illepida garrulitate moror?
Cur defiderio grandaeuum inftigo recenti,
   Inualidum & longas hortor inire vias?
O faltem liceat mihi te quandoque per Vrbem,
   Pratenfi aut tecum rure LATINE frui.

                                       Cùm

Cùm tepidi referet tibi vires aura Fauoni,
   Et pratis flores, arboribusq́ comas .
Vt dulci alloquio dulcis recreabor amici,
   Quo caruiſſe diu ſaeua coegit hyems .
Nuncq́ etiam obſiſtunt operoſa negotia, ne te
   Saepius inuiſam, conueniamq́ domi .
Sed tunc praeſentes dicemus plura viciſſim:
   Mutuus interea ſaepe loquatur amor .

LATINIVS .

IAM tua dulce ſonans numeroſo carmine Muſa
   Me, fateor, tandem reddidit Harpocratem .

LATINIVS.

SI in pugnam reuocas ſenem
   Iampridem ſterilis carminis aridum,
     Vt victor referas tamen
  Cedentis ſpolia, ecquid tibi gloriae
Hinc ſperare potes nouae ?
     Cùm te Romulidum nobilium chorus
Vnum cenſeat aemulum
   Iam nunc, quos celebrat fama ſuperſtites,
Priſcorum merito, ac parem ?
     Quare parce, precor, vincere debilem
Confectum ſenio virum,
   Et fortis validum carmine prouoca .

P 2   DVM

GIGAS.

DVm tu ais Harpocrates fio, facunde Latine,
  Me tacite inclamas, Cherile dure tace.

GIGAS.

NON, si carmine prouocem
  Cultorem Aonij vel minimum chori,
Sparsas canicie comas
Sperarem viridi cingere laurea:
Quale ergo Pater audeam
  Spe, quo consilio sponte lacessere,
Tot virtutibus inclytum,
  Et palmis toties clarum Heliconijs?
Ah ne magnanimum sinas
  Vt cor suspicio tam subeat leuis.
Quòd si nostra loquacibus
  Aures Musa tibi versibus obtudit:
Indulge facilis, precor;
  Poscenti veniam: siue seuerior
Multandam fore censeas;
  Quicquid pro:uleris, perferet ac lubens.

LATINIVS ad se ipsum.

QVAM per Amorinum deceptus nomine pugnam
  Credideras ortam, dum leuis illa fuit,
Haec tibi cum valido verè est suscepta Gigāte,
                                            Cui

Cui quamuis validus, par tamen esse nequis:
Si sapis ergo manus iam nunc da sponte Giganti,
Ne victus media turpiter Vrbe cadas.

GIGAS ad seipsum:

DONEC *Amorini poteram latitare sub armis,*
Audebam validum segnis adire virum.
Nûc quãdo in cãpû vocor, et certamen apertû,
Non sum, qualis eram, fronte, animoq́, Gigas.
Quò me igitur vertam? vestigat cuncta Latinus:
Nempe est difficilis res, dare verba seni.

GIGAS,

GARRVLA *sic quõdã Cygnû obiurgabat hirúdo,*
Dum circum fluuios haec volat, ille canit.
Cur tu non hominû coetus, & tecta frequétas,
Horrida sed vitam per loca solus agis?
Si cantu polles, atq; hoc te nomine iactas,
Cur nunquam resonat cantus in Vrbe tuus?
En ego te multò duco ciuilior aeuum;
Nam siue in parua nidificare domo,
Seu libet in magna, aut Regum laquearibus aureis,
Seu Diuum in Templis, omnia tuta patent.
Ipsos praeterea mortales saepe salutans,
Leniter oblecto gutturis arte mei.
Vix illi Cygnus, quamuis responsa negare
Maluerit, dulci talia voce refert.

Quàm

Quàm libet obnixè studeas vrbana videri,
Non tamen inde tibi conciliatur amor.
Quin grauis in te omnes odij dant signa, modisq́
Mille aditu prohibent te, domibusue fugant.
Et famulae oderunt, quando labor additur illis,
Tergere quae impuris obruis ipsa notis.
Quòd si aliqui te impune sinunt volitare per aedes,
Non querulae haec laus est vocis hirundo tuae;
Mitis at illorum ingenij: cùm te tamen vltrò
Nemo blanditijs in sua tecta vocet.
At mea conditio tanti est, vt saepe relicta
Vrbe homines syluas, stagnaq́ sponte petant,
Longa audire modos dantem per colla canoros:
Quanquam haec inuitus te stimulante loquor.
Nunc quid fabellae tandem sub imagine priscae
Me tardum ingenio Pieri cara mones?
Nunquid vt inculto doctum vexare Latinum
Carmine desistam? dic, precor, istud agis?
Annuis, agnosco id signantem in fronte pudorem:
Atqui non surdis auribus ista canis.
En calamum pono, rauca vt cornice silente
Postmodò more suo concinat albus olor.

AD ASCANIVM LIBERTANVM Callensium Episcopum.

ASCANIVM *viridi insigniuit Roma galero,*
Fama volans Patriae nuntia laeta refert.

Publica

Publica laetitiae confeſtim ſigna parantur,
   Hinc pulſa ex altis turribus æra ſonant.
Inde caua ingenti reboare metalla fragore,
   Igne micare vias, luminibuſq́ domos.
Sacra cohors, populusq; frequens concurrit in ædem,
   Inq; vicem laudant organa, & ora Deum.
Et LIBERTANAE *ſtant paſsim inſignia gentis,*
   Illiusq; decus quiſq; ſuum eſſe putat.
Tùm verò affines quo ſenſu credis, & ore
   Cernere, & audire haec nos potuiſſe tuos.
O dilecte mihi, vt ſemper, iucundéq́ frater,
   Nunc etiam ò domine, ac mî venerande Pater?
Foemineas voces tecum ipſe, & verba, preceſq́,
   Iubila, lacrymulas & meditare pias.
Praecipuè noſtras optant nunc viuere Matres,
   Laetitiamq; ſimul participare nouam.
Ipſe quidem tot laeta videns, laetiſſimus ad te
   Mente adij, laeto plurima corde loquens.
Nuncq; eadem breuiter laeta dictante Camoena,
   Abſentem abſenti ſignificare iuuat.
Nempe tibi ex animo oblatum gratabar honorem,
   Quem te gaudebam iam meruiſſe diu.
Namq; (vtcunq; alij credant) haec gloria ſumma eſt,
   Virtute, ac meritis anticipare decus.
Gaudebam & campum modò te reperiſſe patentem,
   Quo tua ſe pietas exeret inde magis.
Et candelabro velut alto impoſta lucerna,

                         Diſpelli

Diſpellit tenebras,exhilaratáꝗ domum ;
Sic te Callenſi iam cernere in Vrbe videbar,
Voce, opere, exemplo cominus, atꝗ; procul
Fulgentem, vt plures tua per veſtigia rectum
Ad ſuperas arces ingrediantur iter.
Scilicet hoc opus, hoc ſtudium, atꝗ; haec ſedula cura
Mox tibi commiſſo pro grege l'aſtor erit.
Vnde ouium maior numerus caeleſtia carpat
Pabula, & aeternae flumina potet aquae.
Ac tibi ſupremo in cenſu Rex CHRISTVS honorem
Ampliet, & ſtabili det requiete frui.
Interea validum te mente, & corpore ſeruet,
Fortior vt ſacrum munus obire queas.

De ANNIBALE MARESCOTO Excellentiſſ-
Iuris Conſ. Bononien. ad Firmanum
Gymnaſium euocato.

QVAE regio tantum ſplendorem protulit orbi,
    Nedum Romae ingens, Italiaéꝗ decus ;
    Illa etiam, par eſt, cumuletur vt vndiꝗ; honore,
Quo mage Piceni fama celebris eat.
Maximus hinc SIXTVS, patriae telluris amore,
    Munera gratus ei magna ſubinde refert.
Quidá, aly praeſtat, ſtudiorum, nobile Firmum,
    Gymnaſio illuſtrat te, titulisꝗ nouis.
Nimirum felix Alti vicinia Montis
    Addidit haec meritis nunc decora alta tuis.

                                            Ergo

Ergo Marescottum doctrina & sanguine clarum,
  Et culti insignem dotibus ingenij:
Qui patriam pro te linquens, carosq́ parentes,
  Ad cathedras properat iussus adire tuas:
Excipe vel gaudens, & sponte, diuq́ cupitum
  Certatim studijs, officijsq́ cole.
Quandoquidem sese quicquam praestantius illo
  Felsina docta tibi mittere posse negat.

Ad CAMILLVM PALAEOTVM Senatorem Clariss.
Conuiuio excipientem multos doctrina
insignes viros, cum floribus sericis
à Francisca Fontana
Excellentiss. Vlyllis Aldrobandi vxore
dono missis.

A ONAS *in montes cùm primum nuncia venit,*
  Fama, ferens tantos hîc coijsse viros.
Doctrina, ingenio, calamo, et sermone potētes,
  Quot, qualesq́ alibi non habet vlla domus.
Mira chorum Phoebi subijt, dulcisq́ voluptas,
  Quàm non vlla hominum lingua referre queat.
Certatimq́ nouem cœperunt laude sorores
  Cultorem in Caelum tollere quaeq; suum.
Legibus hic, Sophia ille valet, valet ille medendi
  Arte, hic astronomus, ille poeta bonus,
Deniq; cunctorum decies repetita vocarunt
  Nomina cum plausu: laus sua cuiq; fuit.

          Q   *Patronum*

Patronum verò coetus, doctumq́, probumq́
Omnes laudabant ore, animoq; simul.
Tum Phoebus; Quonam ille igitur donatus honore
Se nobis hodie tam placuisse sciet ?
Dixit, & hanc laurum, quam circum symbola Musæ,
Et flores manibus composuere suis,
Exemplo huc iussit me ferre, & pauca profari:
Ergò alacri munus, verbaq́, fronte cape.
Iure tibi hæc arbor Palcote diserte dicatur,
Haud vllo virides tempore tonsa comas ;
Nam tu virtutis cultor, virtutis amantes
Vsq; foues, magni pendis, amasq́ viros.
Quo plures igitur carpent hinc te auspice serta,
Hcc meriti fuerit plus, decorisq́ tibi.

Ad IVLIVM CAESAREM LALATAM
Priorem Parmensem.

QVAE res, quod studiu, series quàm lõga dierũ,
   Conciliet, foueat, firmet amicitiam:
   Edoceat, veterum referens præcepta sophorum,
   '*Doctrina insignis* BALDVS, *& ingenio.*

Camillus
Balduus ex
cellen. Phi
losoph. Bo
nus.

   Me iuuat interea, illustris LALATA, *probare,*
   Quae tu perlepido stringis epistolio.
Nempe quòd exiguo licet ortus tempore, & vsu,
   Sit noster tanti, quàm diuturnus amor.
Mutua namq; breui potis est implere voluntas,
   Quod multi poterant apposuisse dies.

                     Quam

Quàm praefers igitur mentem in me spontè benignam,
  Laudo, & amo, vt par est, excipioq́ libens.
Iucundè, & semper mihi lux memorabitur illa,
  Cernere qua primum te, alloquierq́ datum est.
Nobilibus iuuenem studijs, & sanguine clarum,
  Moribus at iam nunc, & grauitate senem.
Quod nisi te fuerim redamare obstrictus amantem,
  Virtutis merito cogar amare tamen.
Illius siquidem vis tanta est, vt quoq; possit
  Absentum miris nectere corda modis.
Quare & nostra tibi venit haec pagella vicissim,
  Syncerae, ac stabilis pignus amicitiae.
Sicq́ velim credas, quiduis prius esse futurum,
  Quàm te diuelli pectore posse meo.

In Musæum Excellentiss.Philosophi VLYSSIS ALDROBANDI Bonon.

NATVRAE, atque artis tot rerum millia in vna
  Res certè mira est, cernere posse domo.   (plu,
  Sed mage mirandū est, haec vnius omnia sum-
Ingenio, ac studio parta fuisse viri.
Quòd verò. haec vnius simul omnia mente recondat,
  Multipliciq́ memor nomine, quaeque vocet;
Vi videt, atq; stupet praesens, su forsitan ætas
  Postera narranti est agrè habitura fidem.
Cuncta tamen cunctis haec ALDROBANDVS VLYSSES
  Re, voce, & calamo vera fuisse probat.

                                Q 2   QVI

Aliud.

QVI *miranda cupit Naturae plurima noſſe,*
Non opus eſt, longum currat anhelus iter.
Muſæum hoc tantùm luſtret, dominoǵ, docête,
Qui voce, & ſcriptis quemque iuuare ſtudet,
Tot rerum addiſcat formas, & nomina, Graÿ
Quot norunt, Arabes, Heſperÿǵ, ſimul.
Inde abiens dicat, verè orbis totius inſtar
Docti Aldrobandi mî domus vna fuit.

Ad GABRIELEM PALAEOTVM S. R. E.
Cardinalem, & Bononiæ Archiep.
In obitu Camilli maioris
natu fratris.

NON *quia praeclari fratris te morte dolentem,*
Côcuſſum ve adeò, ſuſpicer eſſe, Pater;
Molli vt amicorû indigeas ſolamine vatum,
Noſtra ideò nunc te muſa licenter adit.
Quin magis vt ſeſe moerori obſiſtere inertem,
Diſcat ad exemplum compoſuiſſe tuum.
Nimirum exterius vultum, ſcio, cernet eundem,
Isǵ, habitus index interioris erit.
Multa vbi germani virtus, probitasq; recurrens,
Triſtitiae, & curis non ſinet eſſe locum.
Nam bene pro patria exhauſtos memorare labores

Dum

Dum iuuat, & purè vita peracta subit:
Illi etiam aeternam spe designare quietem,
  Praemiáq́ in caelo, fas erit, atque pium.
Qui verò haec animae contingere credat amicae,
  Cur gemitu cruciet cor, lacrymisvè genas?
Nunquid eam cupiat moribunda in membra reuerti,
  Et plenum aerumnis currere rursus iter?
Sed te plura sacrae Sophiae de fontibus hausta,
  Mente, reor, placida voluere, & ore loqui.
Qualia nempè decet vir sentiat intus, & extra,
  Cui ratio praeses cordis, & oris erit.
Tu tamen aduersis rerum constantiis in Indis
  Pectoris, haud primùm nunc documenta dabis.
Non ignota loquar: siquidem reminiscor, vt olim,
  Fortiter Eustorgi funera pertuleris.

Minor na-
tu frater.

Cùm tu alios potius solando; Afri illa subinde
  Verba recenseres Praesulis eximij;

S. Cypria-
nus de mor
talitate.

Qui veluti amissos nobis non esse monebat
  Lugendos, quos mors omnibus aequa rapit.
Sed mage laetandum illis ad caelestia regna
  Praemissis, viuunt summo vbi cuncta Deo.
Nuncq́ mihi illa tuae vocisq́, & frontis imago
  Sic animo occursat, auriculasq́ ferit;
Vt desiderio tanti licet angar amici,
  Lenimen praesens hauriat inde dolor.
Praesertim cùm tu vigeas Patrone superstes,
  Praecipuum nostri praesidium, atq; decus.

                                          Quem

Quem Romae, & patriae donis caelestibus auctum
CHRISTVS, *& incolumem det superesse diù.*

In obitu clarifs. viri CAMILLI PALAEOTI
Senatoris Bonon. qui obijt
die 6. Martij. 1594.

Hic PALEOTE *iaces, illustri functe senecta,*
Et magnis magnae muneribus patriae.
Nunc tibi quae aeternũ cõtingát praemia, Vita
In commune bonum nauiter acta docet.

Aliud.

CVM *tua Vel studijs Virtus, Vel rebus agendis*
Te mille ornaret laudibus, ac titulis;
Tu tamen hoc Vno Vixisti, & laetus obisti,
Quòd peramans patriae nomine, req; fores.
Iure igitur testantur idem monumenta sepulchri,
Praeq; serunt paucis multa legenda notis.

Aliud.

QVO *tua Vita fuit compluribus Vtilis, hoc te*
Plures extincto nunc Paleote gemunt.
Patria praeclarum Ciuẽ, Columenq; Senatus,
Patronumq; cliens, hospes, inopsá, dolent.
Teq; Academiae fautore queruntur adempto,
Et quisquis Phoebi est cultor, & Aonidum.
Deniq; amicorum gemitus, fletusq; tuorum

Tam

Tam multos, salamo quis memorare queat?
Sic bene de cunctis te promeruisse iuuabat ,
Et carus viuens omnibus vnus eras :

Ad OCTAVIVM BANDINVM
Prolegatum Bononiæ.

QVICQVID *sacra pijs animis solennia Paschae*
 Interius pacis, Laetitiaeq; ferunt ;
Vt tibi discupio longos contingere in annos ,
 Sic Deus omnipotens annuat esse ratum .
Externum verò decus, & virtutis honores ,
 Non tam aueo amplificet maxima Roma tibi .
Quàm laetor, iam te pridem Bandine mereri :
 Namq; probi haec verè est gloria summa viri .

In Amicos donis, salibusq;
inter se certantes.

NOBILE *amicorū par, quales cādida Virtus ,*
 Et sancta aeterno iungit amore fides ,
 Dum lepidis certat donis , salibusq vicissim ,
Complures sellas cùm daret alter, ait .
Vnam maluerim tibi sedem aptare merenti ,
 Qua residens toto summus in orbe fores .
Arcam alter donans, clauem praemisit, & inquit ,
 Hanc cape nunc, geminam post tibi Roma dabit .
Sic paribus votis animae laetantur amicae ,
 Inq vicem officijs se, studijsq fouent .

PERETE

Ad ANDREAM PERETTVM Collegij Montis alti
Rectorem. Bononiæ.

PERETTE *Illuftris*, *te* SIXTI *fanguine Quinti*
  Quifquis vel tantùm nouerit effe fatum:
Magna animo de te & ftudijs, & rebus agendis
Concipiet: nec fpe res erit ipfa minor.
Qui verò moresq́ tuos fpectarit, & actus,
  Audieritq́ graui verba lepore lita:
Hoc regimen, tibi quod felix, fauftumq́ precamur,
Non modo par meritis fentiet effe tuis:
Sed quodcunq; olim tibi deferet inclyta Roma,
Iam nunc te dicet promeruiffe decus.

In facram effigiem S FRANCISCI.

FLAGRARIT *quanto* CHRISTI *Francifcus amore,*
  Vberius calamı Stigmata facra dicent.

In effigiem IGNATII LOIOLAE Inftitutoris
Societatis IESV.

IGNATI *venerande, tuæ pietatis alumnos*
  Humanum vtiliter fpectat vbiq́ genus.

In effigiem PII Papae Quinti.

PONTIFICVM *prifci exemplum venerabile fecli*
  QVINTVS *hic eft verè nomine, req́* PIVS.

QVA-

In effigiem VRBANI Papae VI.

QVALIS *hic in Petri solio, quantusq́ fuisset,*
Vita ante acta docet, sobria, iusta, pia.

In effigiem STEPHANI Regis Poloniae.

NAE *Regale tibi decori est diadema; sed ingens*
Addis ei eximijs dotibus ipse decus.

In effigiem ALEXANDRI Card. Farnesij.

MAGNVM *magna decent: hinc tu quoq; grādia sem-*
Molirisq́ animo, munificaq́ manu. (per

In effigiem GASPARIS Card. Contareni.

NON *minus illustrem tua te facit inclyta virtus,*
Quàm Toga Romano murice tincta sacro.

In effigiem REGINALDI Card. Poli.

QVI POLE *virtutesq́ tuas, & nescit honores,*
Is neq; Phoebaeum scit iubar esse polo.

In effigiem PETRI Card. Bembi.

NON *tua Romano virtus sit BEMBE sub ostro*
Maior; quin ostrum sit magis inde nitens.

In effigiem IOANNIS Card. Moroni.

MORONI *effigiem cernens, in rebus agendis*
Maiestas viuo, conijce, qualis erat.

R   QVAS-

In effigiem GVLIELMI Card. SIRLETI.

QVAERITVR, an tua sit probitas, doctrina ve maior:
Nam retulit meritum purpura vtriq; decus.

In effigiem CAROLI Card. BORROMAEI.

HIc opere ostendit, quo se mortalia pacto
Pectora viua queant templa sacrare Deo.

In effigiem ALBERTI Card. BOLOGNETI.

TE properè extulerat sublimem candida virtus,
Praepropere at Lachesis sustulit atra manus.

Ad ALEXANDRVM BEROALDVM.

NI BEROALDE notam perfricta fronte petentis
Extimeam, est abs te quod petijsse velim.
Sed reticens etiam vereor, ne dicar ineptus,
Cùm tu adeò largus sis animo, atq; manu.
Ingenuè ergo loquar : binos mihi trade libellos,
Qui tibi sunt duplices, meá beasse puta.

In effigiem FRANCISCI PETRARCAE.

SALVE delitiae Aonidum, atq; Heliconis Hetrusci
Gloria Laureolam fronte, animóq́ gerens.

In effigiem LAVRAE.

NVLLA ex arboribus, queis se Peruanus, et Indus
lactat, perpetuò laurus vt ista viret.

LITER-

In effigiem ANDREAE DORIAE.

L IBERTAS *patriae, & naualia parta trophaea*
Aeternant nomen Doria in orbe tuum.

In Effigiem ALDI MANVTII senioris.

E N *bene de studijs meritus: virtutis amantes*
Effigiem gratis aspicite hanc animis.

In effigiem MICHAELIS ANGELI BONAROTAE.

S I *non Praxitelem, si non superauit Apellem,*
Ambobus certe par Bonarota fuit.

In effigiem TRIPHONIS GABRIELII nobilis Veneti.

M ORIBVS *vt puris referebas aurea secla,*
Sic victus simplex, & tibi cultus erat.

In effigiem LVDOVICI BVCCAFERREI.

F ERREA *bucca tibi, nempe indefessa docendo;*
Sensa animi ast referens, aurea bucca fuit.

In effigiem ROMVLI AMASAEI.

H IC *Cicero alter erat, vere omnes, Romule, dice*
Qui vel te audierint, vel tua scripta legent.

De F. FRANCISCO PANICAROLA.

A MBIGITVR, *Phoenix vtram sit, & vnica in orbe:*
Sed vere hoc omnes aure, oculisq́ probant;

R 2   Quòd

Quòd nec habet Soles geminos sublimis olympus,
Nec Panicarolas infima terra duos.

In effigiem eiusdem.

PRISCA *oratorum facundia lenijt aures,*
Sed tua nunc animis pandit ad astra viam.

Aliud.

NON *veterum scriptis quantum facundia possit,*
Sed proprio exemplo Panicarola doces.

In hortum. Lectori benè viuere, & lætari.

LECTOR *amice vides et formam fontis, & horti:*
Et potes his etiam, cùm libet, ipse frui.
Feci ego, quod potui: non ergo Thessala tempe
Hic animo verses, Hesperidumve nemus.
Quin illam potius terram meditare beatam,
Nos primi vnde procul noxa parentis agit.

In Fontem.

QVI *bibis hanc, iterum sities: ergo illius vndam*
Fontis ama, extinguit quae semel hausta sitim.

Ex S. GREGORIO NAZIANZENO.

CVM *sua cuiq; salus operanda est tempore in omni,*
Tùm mage suprema iam propiore die.
En senij praeco, tibi prospice, clamat; abire
Tempus adest, fiet iudiciumq́ breui.

MOLLI-

Ex Vgone de S. Victore.

MOlliculis animis sua tantùm est patria dulcis:
At contrà patria est fortibus omne solum.
Qui verò patriae flagrant caelestis amore,
Dirum totus eis exilium orbis erit.

Votiua tabella.

ANtinovs pictam, Caeli Regina, tabellam
Hanc tibi persoluens debita vota dicat.
Quam pius inspiciens hospes, te posse periclis
Eripere, atq; tuam poscere discat opem.

In bonum Concionatorem.

DVm vitae Eulogius praebet se exéplar honestæ;
Christicolasq́ sacris instruit eloquijs;
Vno ore acclamant omnes, verè optimus hic est
Doctor, qui quod nos edocet, illud agit.

In effigiem GABRIELIS Card. PALAEOTI.

SI virtute decus meruisse, est gloria vera:
Nempe quod est summum iam PALEOTVS habet.

In effigiem FERDINANDI MEDICIS Magni Ducis Hetruriæ.

PLvrima sunt, meritò queis sese Hetruria iactet:
Nil verò Magno te Duce maius habet.

QVOD

In effigiem CHRISTIANAE LOTHARINGIAÆ
Magnæ Ducis Hetruriæ.

QVOD poterat summum Thuscis decus addier oris,
Summa huius pietas, nobilitasq́; dedit.

In effigiem FEDERICI PENDASII.

CErnitvr effigies PENDASI: at mentis acumen
Exprimere artificis dextera nulla potest.

In effigiem HIERONTMI MERCVRIALIS.

NON hæc Hippocratis, sed Mercurialis imago
Par tamen amborū gloria, & ingeniū. (est:

Ad Diuites.
Excerptà ex libris Saluiani Massiliensis
ad Ecclesiam Catholicam.

CVI meditaris opes tantas post funera, Diues,
Linquere? num hæc animum seria cura subit?
Haeredi. quis erit? natusue, nothusue, vel alter
Sanguine, vel nexu iunctus amicitiæ.
Forsan & ignotus: quid ni? dum insignia gentis
Gestando nomen proroget ille meum?
Quid si hæres, longo quæ sunt tibi parta labore,
Turpiter absumat, dilapidetq́; breui?
Hei mihi, defuncto si quisquam id nunciet, eheu

                                    Quàm

Quàm doleam, miseris discrucierq́ modis.
Si sapis ergò, feras tecum omnia. qui pote tantum,
 Argenti, atq; auri ferre cadauer onus?
Ne dicam syluas, campos, vineta, domosq́,
 Et quæ multa arcas pondere sartta grauant.
Perfacile id fuerit, totum qui sustinet orbem
 CHRISTVS, si accedat duxq́, comesq́ tibi.
Quin vt eas leuior, cuntta illi trade ferenda,
 Quo tu plura dabis, laetior ille feret.
Nec modo caelesti custos ea fidus in arce
 Condet, quò nequeat fur penetrare malus;
Sed tibi perpetuò summa cum pace fruenda,
 Munificus decies multiplicata dabit.
Ergo hilaris iam nunc illuc præmittere partem
 Incipe, vt interea crescat aceruus opum.
Non tibi vettores deerunt, sed vbiq́ paratos
 Perq́ vrbem plures, perq́ videbis agros.
Scilicet ingentes inopum, miserasq́ cateruas,
 Quas inter CHRISTVS forsitan ipse latet.
Certè CHRISTVS eis data se accepisse fatetur,
 An ne igitur CHRISTO non sit habenda fides?
Da, dum tempus habes, animi sic dilue sordes,
 Saepius & lacrymas adde, humilesq́ preces.
Sic & diues eris viuens, & mortuus auttas
 Inueniens, tecum semper habebis opes.

CVM

Ad ALEXANDRVM BVRGIVM Mutilianæ Priorem.

CVM tua te Virtus oras clarare per omnes
    Sit potis, & clarum ferre per ora virûm?
    Nunquid eos censes, quibus impertiris amorem,
Posse etiam decoris participare tui?
Quin caue, ne nostras frustra illustrando tenebras,
    Lumen, BVRGE, tuum fulgeat inde minus.
Namq; & Phoebus humo nubem sustollit in auras,
    Ast illi nitidum mox tegit atra iubar.

Ad Io. ANTONIVM ZANIVM.

DVLCE tuum nobis, ac magni muneris instar,
    Sit licet exiguum, ZANI, epigramma fuit.
    Non etenim versus numero, sed pondero mentis
Candorem, & mores, ingeniumq́ bonum.
Omnia, quae coràm mihi nota, libenter, & absens
    Agnosco, inq́ dies gratulor aucta magis.
Sic igitur pergas & me, patruumq́ Camillum
    Crebrò carminibus laetificare tuis.

In Epitomem PLATINAE de Vitis Pontificum.
Ad Lectorem.

SVNT peregrinãti compendia grata viarum,
    Baiulus & gaudet, si minuatur onus.
    Terrarumq́ iuuat, tractus, atq; aequoris omnes
Distinctè exiguo cernere posse globo.

Quid

Quid ni igitur placeant, paruo comprenfa libello
Omnia, quae Platinae grande volumen habet?
Hinc tibi & ingenium auctoris, ftudiumq́ patebit,
Et ftylus, ò Lector, ficut ab vngue leo.

CLEMENTI OCTAVO Pontifici Maximo
Pro Bernardino Roſſato quóndam
famulo Genitoris eius
Sanctitatis.

E N *fupplex quarto,* CLEMENS OCTAVE, *libello*
    Roſſatus facros audet adire pedes.
Annis ille grauis, proprio fed non grauis ære,
Hincq́ tuam toties pofcere pergit opem.
Prouideat, dixti iam faepe, Datarius; at mî
Nemo dedit. Fiat, dic iterum, atq; iube.
Da, Pater alme, tuum per nomen amabile feruo
Oranti auxilium, fubfidiumq́ feni.
Da per honorati famam, perq́ oſſa parentis,
Cui fcis, quàm aſſiduus nocte, dieq́ fui.
Sic tibi Olympiadas plures Regnator Olympi
Annuat imperij dinumerare tui.

In Tumulum IOANNIS LEONARDI, vulgo dicti,
IL LETTERATO.
Obijt Romæ die 15. Feb. 1595.

S ERVE *Dei, proprium tibi nomen iure dederunt*
  LITERAE, *Euangelij namq; peritus eras.*

            S   Quid

Quod sermone rudem te opera seruasse fideli,
Testatur parui cura benigna gregis.
Testanturq́ Vrbi noti sine crimine mores,
Nec non vita pie, ac duriter acta diu.
Terram terra tegit: purae sperare salutem
Nos animae aeternam dogmata sacra docent.

Aliud.

MVLTI multa sciunt: hic omnia nescijt vnia,
Quae verbis hominū culta Cathedra docet.
Re tamen expleuit sacrae compendia Legis,
Quam puro inscribit pectore dextra Dei.

Gratiarum actio pro munusculis
Cal. Ian.

O LEPIDAE, atq; animo dulces, oriq́ Calendae,
Quae dono dulces tot mihi fertiū opes:
Non ego vos albo tantum, de more, lapillo
Signo, sed & grata mente recendo memor.
At schedula haec humiliū largo, dulciq́ Patrono
Pro magno exiguum munere munus erit.

De lepida Iuuenum concertatione Mediceorum
Hortorum Cupressetum cursim
ascendentium. Romae.

DOCTA cohors iuuenum studijs certare vicißim
Assueta, & culti viribus ingenij,

Mem.

Membra etiam exercens, molli tumulū vndiq́ septum
  Cupreßis, cursu dum superare studet,
Qui prior ascendit, comiti obstat ponè sequenti,
  Et baculo oppofito scandere summa vetat.
Illi autem contra nitenti irrumpere, dira
  Sorte perexiguo est vulnere laesa manus.
Saucius hinc ridet, gemit alter, & vltor eisdem
  In se armis socij discupit esse sui.
Annuit optatis eadem sors, namq; bacillum
  Proijciendo, sibi laesit & ipse manum.
Risit & hic plagam; at propriam qui riserat ante,
  Huius & ingemuit, condoluitq́ vicem.
Sic vno vnanimes affecit tempore amicos,
  Ac pari li sensu laetitia, atq; dolor.

In Oculos CLOELIAE FARNESIAE.

CAELI Roma nouus fauor est, quòd copia tantà
  Nunc niuis, atq; gelu tecta, viasq́ tegas,
  Non etenim tantum, quem latè suscitat ignem
CLOELIA Luminibus Transtyberina suis,
Vna potis fuerat restinguere Tybridis vnda.
  Perpetuam hanc hyemem Roma precare tibi.

Lusus in Nasum. Ad GASPAREM PVSTERLAM PAVLI CELOTI Foroiuliensis.

QVem reputas Pusterla mihi succrescere Nasum,
  Euasit nondum maior in Vrbe meus.

Si causam exquirás, paruo nil tempore Romae
Crescere conspicies, me neq; despicies.

Ad Pavlvm Celotvm, Antonii Gigantis.

QVi Nasum Romae iam nunc grandescere dixit
Pavle tibi, verè Lynceus ille fuit.
Nam mole in tanta discrimen noscere paruum,
Non quaeuis acies quibat, acuta licet.
Sed si paululum adhuc es permansurus in Vrbe,
Hoc etiam lippis nomine notus eris.

Ad Antonivm Gigantem, Pavli Celoti.

ILle quidem, nostri quem non latet incrementum
Nasi, est, Antoni, Lynceus, & melius:
Cernere nam puro potis est quoque lumine, quantum
Amnibus Oceanus turgeat innumeris.
Quamq́, astra immensi lambentis inania mundi;
Vsq; hausto mare sint grandia facta magis.
Quidue dies rebus sensim crescentibus addat,
Et molli è duris vna peredit aqua.
Haec potuisse, reor maius, quàm monstra Gigantum
Excelsum aggeribus iam superare Polum.
τῶι ῤ ινῶν ῤ ὶς.

Aliud ad eundem.

DVlce decus nostri, qui prominet ore pedalis
Nasus, prae se fert non genus hicce tuum?

Quod

Quod si conspicua tantam gestare daretur
Fronte tibi molem, qui pauor heù superis?

Ad PAVLVM CELOTVM, ANTONII GIGANTIS.

VRSA, inquis, peperit: quid mirū? lābit. et hoc est
   Naturae. absoluit: prodeat. Ecce: quid est?
   Nasus. monstrū erit. isq́; ingēs. mirabile dictu.
O Nasum ingentem. Roma vide, atq; stupe.

Ad ANTONIVM GIGANTEM, PAVLI CELOTI.

NEC peperisse Gigas Vrsam, nec lābere mirū,
   Natura generis dicitur illa sui.
   Si Nasum fingit, mōstri quid? lambitur Vrsus.
Expendas igitur verius, & melius.
Monstra hominum genuit, peperit quae encomia Nasi,
   Roma vides, tibi nec cauta times? stupeo.

Ad PAVLVM CELOTVM, ANTONII GIGANTIS.

SI verba ingenui non aspernaris amici,
   Intrepidè Nasum, Paule, recide tibi.
   Dirum consilium, dices: sed respice finem,
   Quò sophus, vt tute es, cuncta referre solet.
Namq; alium forma pulchrum magis, atq; venustum
   Talcotij reddet ingeniosa manus.
Inde humor calamis siccabitur, ac tibi totus
   Pulcher vt est animus, sic quoq; vultus erit.

Gaspar Ta-
liacotius
excellen.
Chirurg.
Bonon.

MVRVM

Ad ANTONIVM GIGANTEM, PAVLI CELOTI.

MVRVM oculos inter ducit Natura, genasȣ
Atq; arcem Nasum frontis, et oris habet,
Angustos muros, humiles si struxeris arces,
Nil tutum, optato cunctaȣ fine carent,
Quo in latum crescat, sublimi vertice surgat
Nasus, nilȣ ipso tutius, aut melius.

Ad PAVLVM CELOTVM, ANTONII GIGANTIS.

ROMA tuũ hoc propriũ est, naturae vt quicquid, et
Mirandũ, ex toto confluat orbe tibi.   (a;ia
Immensae molis lapides hucusq; supersunt,
Plurimaȣ historiae monstra fuisse docent.
Nunc etiam Tellus quod Iulia maius habebat,
Spectandum cunctis Paulus in ore tulit;
Scilicet ipsius Nasum; quem suspice, & alios
Inter Obeliscos grata repone tuos.

Ad ANTONIVM GIGANTEM, PAVLI CELOTI.

IVLIADVM Tellus formosis inclyta Nasis,
Non secus (vt semper) variibus atq; bonis:
Nunc misit monumenta heroum visere, Romam
Haec inter lepidos, quem lepidissimum habet.
Nil mage Apellineo hic se cernit carmine dignum,
Vnde oculos in se vertit, & ora hominum:
Gestittȣ suae laudis componere honores,

E4

Et tuam in hoc crebrò iam crepuisse lyram.
Quas tibi agam grates, Antoni? quíve rependam?
Carmina grata facis, carmina grata cape.
Celsa tui frustra tentarunt astra parentes,
Tu maiora. caue, deficias, moneo.

Eiusdem ad Musas.

Hactenvs haec *Musae*; sacros iam claudite fon-
Vel cunctae in *Nasi* cedite delitias. (165,

Ad Ivlivm Caesarem Stellam
Romanum, in Aulam Aloysii Carafae
Sablonetae Ducis, & Ostiliani Principis
honorificis conditionibus
euocatum.

IVli Caesar abis: doleam ne? an laeter? vtrumq;
Vno, eodemq, mihi tempore suadet amor.
Namq; meam si alia Stellam regione micantem
Mox oculis nequeam cernere, iure querar.
Trister item, Cygnum quando exaudire canorum
Non dubitur, patrio dum volat amne procul.
Multiplici at contrà solans me nomine, curas
Protinus ex animo, tristitiamq fugo.
Dum mihi tam cari capitis tot commoda, honorumq
Insignes titulos commemorare libet.
Quos virtutis amans, & Phoebi cultor alamne
Pieridum eximijs dotibus ingenij

Conspi-

Conspicuo, Princeps clarißimus obtulit vltrò,
 Hoc quoq; dans animi nobilis indicium.
Quaerere namq; viros, digneq́, fouere merentes,
 Magnum est, sed rarò conspicit orbis, opus.
Quare etiam par est, tua, vates magne, CARAFAM
 Maiori celeberet carmine Musa Ducem.
Illius & nomen fludeat tot ferre per oras,
 Fama Columbeidos quot peragrabit ouans.
Sic igitur gaudens te discedente dolebo,
 Sicq́, mihi per te dulcis amaror erit.
Vsque adeo praesens oculos, animumq́, vel absens
 STELLA potes radÿs exhilarare tuis.

Ad GVLIELMVM SEPRAEVM Anglum Sacrae Theologiae Doctorem.

NON surdū alle queris, bone mi Gulielme, sodalē,
 More tuo exemplis, voieq́, recta monens,
 Dū grauiora doces legere argumenta camoenā,
Nempe ea, quae pridem tempora cana decent.
Illi igitur dixisse nouis me crede calendis,
 Quas tibi det faustas, propitiasq́ Deus.
Incipe Musa nouos versus, nouus incipit annus,
 Quos multorum instar laudet, ameiq́, meus
Semper honorandus, semperq́ SEPRAEVS amandus,
 Tàm bene qui nobis consulit, atq; piè.
Cui pauca haec cursim dictata ingenis amoris,
 Propositiq́, noui carmina pignus erunt.

ANTO-

Dialogus cum Angelo Custode.

ANTONI, *Antoni, te appello, atq; alloquor vnū,*
Surge, audi, surdus num mihi semper eris?
Quæ vox tā validis implet clamoribus aures?
Infensus'ne hostis, an mihi amicus ades?
Fidus, amansq́ tui (vanum depelle timorem)
Custos diuina sum tibi sorte datus.
Angele Sancte Dei, immemorem memor ergò reuisis,
Nec tanta infectum labe relinquis adhuc?
Ah miser, vt potero te deseruisse, salutis
Tanta mihi cùm sit credita cura tuæ?
Tu verò ingratè nimium, nimiumq́ scelestè
In me iam pridem te geris, inq́ Deum.
Illum scis quoties, & quantis perdite noxis
Laeseris; horresces, si memorare velis.
Me quàm contristas crebrò, dum recta monentem
Spernis, & in præceps, deteriusq́ ruis.
Parce precor, precor: agnosco, fateorq́, pudetq́:
Eheu me miserum, hei mihi iam quid agam?
Hinc scelerum facies, & mens me conscia terret,
Nunc siquidem tenebris eruta cuncta patent.
Illinc horribilis stat pandis faucibus Orcus:
Tristis vbiq; pauor, saeuus vbiq; dolor.
Iam veniæ spes omnis abit, fiducia cessit:
Nam mea me nimis pondere culpa premit.
Infelix quid ais? verbum hoc magis efficit vnum,

T   *Quàm*

Quàm quae patrasti noxia facta prius.
Corrige te, veniamq́; pete, & sperare salutem
  Aude humilis: fuge iam praua, operare bonum.
Nam licet immensae fuerint, numeroq́; carentes,
  Quae tibi nunc sordes commaculant animam:
Arte Deus potis est omnes abstergere mira,
  Agni caelestis nempe cruore sacro.
Gratia magna Deo, atq; tibi Sancte Angele, qui me
  Commiserans recreas mollibus alloquijs:
Et veniam sperare iubes, quam pectore ab imo
  Expressis lacrymis, suppliciter q́; peto.
Sic ò praeteritas culpas ignoscat Olympi
  Rector, & vsq; sua me comitetur ope:
Vt mihi iam certum est, ludicris rebus omissis,
  Diuina impigrè post modò iussa sequi.
Tu verò, vt semper, nobis fidissime Custos
  Adsis, & gressus, cunctaq́; membra rege.
Iudicis vt tandem magni tutam ante tribunal
  Hanc animam sistas victor ab hoste truci.
Annuat optatis, atq; haec pia vota secundet,
  Et rectum signet, quâ gradiaris, iter
Rex CHRISTVS, pastorq́; bonus, tandemq́; supremo
Te censu electas colloces inter oues.

De noxijs cogitationibus in animum recurrentib.

VOs ò qui pelagi sulcand, nauibus vndas,
  Tot noua lustratis litora, totq; sinus:

Et

Et vos immensum pedites, equitesq́ per orbem
   Assueti longas ire, redire vias.
O & queis rerum cupidus miranda nouarum
   Visendi, huc illuc currere suadet amor:
Dicite, num superis vsquam reperistis in oris
   Prorumpens Lethes quâ fluat amnis aqua?
An tantùm infernis sese regionibus abdit,
   Quò viuens hominum nullus adire queat?
An veteres illum potius finxere poetae,
   Miscere vt veris plurima vana solent?
Ipse equidem magno mercarer fluminis haustum,
   Quo mens praeteriti nil memor inde foret.
Quando adeò infestum, noctesq́ diesq́ misellam
   Agmen monstrosis turbat imaginibus.
Illis nempe, quibus multos male cauta per annos
   Ipsa volens aditus, hospitiumq; dedit.
Nunc licet horrendas facies exosa repellat,
   Non tamen aut vi illas, aut procul arte fugat;
Quin tamquam rapidae volitent hinc inde volucres,
   Quae vidis cupiant incubuisse suis.
Languidior siquidem obsistit, neq́ vt hostis in hostes
   Irruit, at priscae parcit amicitiae.
At veluti hoc ludens agat exitiabile bellum,
   Nec penitus vinci vult, neq; vincere amat.
Hinc mihi nec pacis, nec spes est certa quietis,
   Hinc doleo, heu miseris discruciorq; modis.
Quid prodest oculos auertere? quid iuuat aures

Claudere, ne quid mens hauriat inde mali?
Ipsa per occultos calles admittit in arcem,
    Hostilesq́; acies in sua damna fouet.
Quòd si aliquo efficere id valeam medicamine, notas
    Ne formas cernens postmodo noscat eas:
Aut incursantes arcebit fortior, arctis
    Aut vinclis victas, compedibusq́; premet:
Inuitam foedis ne spectris vsq́; fatigent,
    Qualia multa diu sustinuisse queror:
Sed quid ego hæc frustra meditor? quid ve eloquor amēs?
    Vnde recens animum vana cupido subit.
Hoc nihil est aliud, quàm curis addere curas,
    Atq́; ægro hinc morbos quærere, & inde nouos:
Quin vereor latices dum siti oblitus quæro,
    Ne vere factus sim immemor ipse mei.
Nam quid longinquas opus est discurrere in oras,
    Id cupiendo magis, quòd minus esse queat?
Cùm vera ante oculos gratis mihi pharmaca prostent,
    Gestiat & medicus ferre benignus opem?
Illis nequaquam auxilium præsentius vllum
    Infirmis animis, corporibusq́; venit.
Arte adeò hic valet, vt non sit præstantior alter
    Inter mortales, caelicolûm ve choros.
Ipse etenim caeli, terraeq́; est Rector, & idem
    CHRISTVS IESVS homo est, omnipotensq́, Deus.
Quæcunq́; ille iubet, dicto ocyus omnia fiunt,
    Et vult aeque omnes, atq́; iuuare potest.

                                          Hinc

Hinc animae porrò afflictae medicina, salusq́
   Hinc finis belli est, hincq; petenda quies.
Te te igitur supplex adeo, sanctißima proles
   Virginis, exaudi vota, humilesq; preces.
Da trepido pacem cordi, da gaudia menti
   Solicitae, & pauitam protege ab hoste truci.
Fac, simul audierit venerandum nomen IESV,
   Diffluat inferni peßima turba ducis.
Et tua Tartareae paueant vexilla phalanges;
   At mihi tutamen sint, precor, atq; decus.
Sic ò CHRISTE *Dei Verbum, Sapientia, Virtus,*
   Concede, optata postmodo pace fruar.
Vt voti compos Laeto tibi pectore grates
   Semper agens, laudes ore, styloq, canam.

Ad se ipsum Sexagenarium.

COLLIGE *farcinulas, me sexagesimus annus*
   Inclamans, abitus tempus adeße monet.
   Nec tantùm validis torpentem vocibus vrget,
Sed speculi stimulos saepe adhibere solet.
Hoc mihi non fictè rugas, canesq; reuelans,
   Ostendit, quàm non sim modò, qualis eram.
Et fidos addit testes, languentia membra,
   Atq; hebetes oculos, iam tremulasq́ manus.
Ast'ego me longae assuetus spe fallere vitae
   Durus, inersq́, moras mille subinde trahens,
En (inquam) tot me longè praeeuntibus, acui

                  Tam

Tam breue cur spacium mî superesse rear?
Quin hilaris potius viuam, dum suppetit aetas,
  Postrema ista animum cura molesta premat.
Talia iactanti vox est mihi visa minaci,
  Horribiliq́ aures, corq́ ferire sono.
Ergo sub extremam, puer ò longaeue, senectam
  Ludicra sectando, desipuisse iuuat?
Nec pudet hac lusisse tenus? nec spicula mortis
  Horrescis, miserum iam seritura caput?
Siccine, dum fas est, noxas abolere vetustas,
  Tu cumulum perges amplificare nouis?
Quî tibi adhuc audes annos promittere plures,
  Si nulli est hominum crastina tuta dies?
Quid si animam superi repetant hac nocte ministri,
  Et trepidam sistant protinus ante Deum,
Quo se ingrata modo tutabitur? heu dolor, eheu
  Quàm sero, & frustra pœnituisse velit.
Tunc ego nil audens contrà, perterritus haesi,
  Spes vitae subito mortis abacta metu est.
Atq; diem meditans coepi trepidare supremam,
  Criminis omnigeni conscius ipse mihi.
Non tamen aut facies scelerum, aut immensus acernum,
  Nec quicquid pāuido suggerit hostis atrox,
Optatae mihi spem veniae extorquere valebunt,
  Quam praefert CHRISTI dextra benigna reis.
Illum igitur cruce pendentem prostratus adoro,
  Viq́ mihi ignoscat, voce, animoq́ precor.

                                              Ore

Orę & praeteritas culpas obliteret omnes,
　Nec me foedari post modo labe sinat.
Idq; tuo in primis Mater Sanctißima virgo
　Auxilio praestet filius esse ratum.
Tu quoq; discipule ò magno dilecte Magistro,
　Supplicis, atq; humilis sume patrocinium.
Et tu peccatrix Solimae famosa per Vrbem
　Quondam, ast Empyreis nunc celebrata choris,
Debita cui largè CHRISTVS per multa remisit,
　Effuso ex oculis dum lauis imbre pedes;
Plurima debenti fautrix, veniamq; precanti
　Aßistas, miseram commiserata vicem.
Vos ego praecipue appello, nam nomina, & ora
　Vestra mihi aßidue picta tabella refert.
Dextrum Virgo latus CHRISTI, laeuumq; Ioannes
　Obseruant, stringit Magdala prona crucem.
Nec minus ò diui, & diuae, Angelicaéq cohortes
　Vos veneror, vestrum praesidiumq́ rogo.
Pluribus vt pro me vnà intercedentibus, aures
　Inclinet placidas ad pia vota Deus.
　MDXCV.

IVLII SIGNII AD ANT. GIGANTEM,
Cum Libello recens excuso, & inscripto:

POEMI VOLGARI, ET LATINI
nella partenza del Molto Illust. & Eccell.^{mo}
Sig. GIROLAMO PERBENEDETTI
Auditore del Torrone
di Bologna.
Al Molto Illustre Sig. ASDRVBALE
PERBENEDETTI.

NON vatū expleti numeris sunt omnibus, ad te
Quos mitto, numeri te sine magne Gigas.
Persice opus nostrum perfecta versibus, oro,
Ars tibi quos dives dictat & ingenium.
Iudica exemplar perfecti tu potis vnus
Exprimere, & grandis grandia facta viri.
Mente alia penetras rerum penetralia, Phoebus
Est pater, & genitrix est tibi Calliope.
Eia age sume chelyn, recreabis cantibus orbem;
Et bene Genus dicet PERBENEDICTA tibi.

AJ IVLIVM SIGNIVM.

LEGI pulchra lubens, quae pectine carmina Tusco,
Et Latia cecinit Felsina docta chely:
Dum laudum egregijs titulis insigne trophaeum
Erigit insigni nobilitate viro:
Insigni & studijs Astraeae, & fascibus aequis,

Prae-

Praeſtantiſ́q́ animi d tibus, atq; pij :
Iudicis exemplar perfecti vt poſtera n ſcat
Aetas, quem praeſens ſuſpicit, atq; colit.
Nempe tuo, IVLI, magno haec oblata Camerti,
Conſenſu plebis vnanimi, atq; Patrum,
Innumera exuperant argenti, auriq́ talenta,
 Quanta vicunq; alius parta referre ſtudet,
Iurgia qui pendat parui, & quae plurima vulgus,
 In proficiſcentem mox maledicta iacit.
At meritus bené de cunctis hic, diues honorum,
 Ominibus fauſtis, laude (&) onuſtus abit.
Iure igitur tali ſe patria iactat alumno,
 Et conſanguineo PERBENEDICTA domus.
Praecipué tanto MARIANVS germine gáudet,
 Piceni eximius, non modó gentis honos.
Purpureos inter Patres quem Roma ſedentem
 Miratur meritis, & pietate grauem,
Cuius & ingenium ſolers in rebus agendis,
 Et faciles aures, conſiliumq́ probat.
En tibi quae calamo, SIGNI, properante Gigantis
 Debilis Echo inſtar, reddere Muſa valet.
Tanti namq; Viri virtutem, & facta decenter
 Laudibus haud potis eſt amplificare nouis.
Praeſertim cùm tot nitidi tecum omnia Cygni
 Luſtrarint, miris extulerintq́ modis.
Quòd ſi ego ſat (culpa ingenij) feciſſe nequiui
 Nunc tibi, tu facias, ſis voluiſſe ſatis.

V QVOT

ANTONII GIGANTIS
FOROSEMPRONIENSIS
CARMINA LYRICA.

In L. VDOVICVM BECCATELLVM
Ragufinorum Archiepifcopum,
& Præpofitum Pratenfem.

 VOt ante agrefti carmina arundine
Lufi, perenni preffa filentio
Sylux recondant, quæ ftrepentem
Sæpe meam excipiunt Camœnam:
Nunc te inclyte à Latœe, potés nigras
Orci tenebras lumine fplendidæ
Luftrare: nunc & vos precabor
Caftæ Heliconiades puellæ,
Mirè fcientes temporis improbi
Fraenare curfum: hæc annuite, vt diu
Pagella fit nobis fuperftes,
Viq, virûm volitet per ora:
Infi,ne nomen cui BECATELLII
Mandare (quamquam per tenui ftylo)
Audemus, haud hac mente, noftris
Clareat vt magis ille chartis.
Verùm id mihi vnum fat fuerit, pius.

Si

Si seruus olim dicar in optimum
   Fuisse patronum, & fideli
   Sedulus obsequio, atq; cultu.
Nae maximis pro muneribus genus
   Mortale summo Caelicolum patri
   Obnoxium est: multis & ipsos
   Nominibus colimus parentes.
Tum qui benignum tramite in arduo
   Virtutis almæ nactus erit ducem,
   Rerumq; honestarum magistrum,
   Quas habeat, referatve grates
Illi pares vnquam? Hoc ego nomine
   Debere multùm me fateor tibi,
   O aurei secli, ò imago
   Nobilium LVDOVICE morum:
Quando libenter iam pateris tuum
   Me dici alumnum. quo mage glorior,
   Quàm si potentum assecla Regum
   Conspiciar dibapho refulgens,
Auriq; magnum pondus, & vberes
   Agros, & amplas possideam domos.
   Atqui nec ore blandienti
   Vana loquor, neq; corde ficto.
Te Regiae regnator Olympiae,
   Latere cuius nil oculos potest,
   Testor: meis tu semper esto
   Sic placidus, facilisq; votis,

Vt ipse puro è pectore profero
   Modò haec, & aura dum aetheria voles
   Me vescier, nunquam pigebit
   Saepius haec eadem referre.
At tempus, index certus, id arguet:
   Nunc optimè de me meriti viri
   Thalia quas laudes nouello
   Instituis memorare plectro?
Prudenter illum magna negocia
   Tractare, norunt & Veneti patres,
   Dum Tertij Legatum IVLI
   Insolito exciperent fauore.
Summi & gerentem Pontificis vices
   Mirata Roma est, & pium, & integrum,
   Sacerq́, Conuentus Tridenti
   Consilium illius, atq; rectam
Mentem probauit. Tum vigilantiam,
   Curamq́, commissum assiduam in gregem,
   Quis non adhuc nouit? quis illum
   Praecipua hinc decorare laude
Non certat? hinc Vrbs Ragusidum inclyta
   Praesenti honorem sedula praestitit
   Vel debitum, absentemq́ amore
   Nunc quoque prosequitur tenaci.
Iam litterarum quot Studia, & bonas
   Sit doctus artes, scripta volumina
   Testantur, ac persusa dulci

Carmina

Carmina Castalio liquore.
Sed clariora haec luce Hyperionia
  Cursim recenses Pieri, floreáq́;
  Multo virens pratum peragrans
  Colligis exiguas corollas.
Quin laudum aceruo pro innumerabili
  Illustre magni iudicium Ducis
  Hetruriae connecte nostris
  Versiculis, neq́; plura garri.
Non verba COSMVS fundere inania
  Consueuit: hic ergò BECATELLIO
  Antistitem vllum sanctiorem
  Hesperijs negat esse in oris.
Nec non apertis indicijs idem
  Ostendit, illum cùm sua florida
  Acciuit vltrò in regna, largè
  Prospiciens meritae senectae.
Quàm carus & mortalibus, & Deo
  Nunc Prati amoeno degit in oppido,
  Sacris vacando, deq́; multis
  Assiduè bene promerendo.
Quod restat, oro te prece supplici
  Rex magne diuûm, qui pia respicis
  Mortalium facta, & benigna
  Pro meritis trutina rependis:
Hunc tu virum serua incolumem diù,
  Huic & quieto da senio frui

Longos

Longos in annos : da feraci
Ingenio, ac animo vigere.
Multos iuuare vt pergat, & integrae
Vitae inſtitutis, oreq́ dulcia
Fundente mella, ac liberali
Inq́ bonos, inopesq́ dextra.

Ad LAELIVM TAVRELLIVM̄
virum clariſsimum.

NE *me rogantem Muſa diutius*
Terrere pergas ; & mihi LAELII
TAVRELLII *eſt perſpecta virtus,*
Carmine, laudeq́ maior omni.
Cui ſi quid auſim luminis addere,
Illum' ve coner tollere verſibus,
Deridear iure, atq; curſus
Icarios iteraſſe dicar.
Sed nota nobis eſt itidem Viri
Benigna mens, ac inſita comitas ;
Quae me profari hortantur ambae,
Daniq́ animum calamo trementi.
Ergò optimarum nobilis artium
Cultor, ſacratiq́ Aonidum chori.
LAELI *ſacerdos, hoc ſerena*
Fronte tui exiguum clientis
Admitte munus; nec rudibus tuum
Si illuſtre nomen Verſibus inſero,

Feras

Feras moleste : nam neque aure
Extenuat pretium niteri ,
Indocta quamuis artificis manus
Conflando turpem formet imaginem :
Nec liuido interferta plumbo
Gemma minus pretiofa fulget.
Sed quis tam iners fplendentia fidera
Late fereno fufpiciens polo ,
Non obftupefcat, nec deorum
Inde Patrem colat, ac celebret ?
Praeclara virtus fic tua, & integri
Actus in omni tempore, & innocens
Vita, atq; mores elegantes ,
Confiliumq́, animusq́ honefti
Amans & aequi, in te excitat omnium
Vbiq; mentes, oraq́ ; vt vndiq;
Sermonibus te, paginisq́
Quifq; fuis decorare certet .
Bene, ac beate grandia munia
Geffiffe, magnum eft : fed meritis pares
Audire laudes, faepe triftis
Liuor, & aftra vetant maligna.
Te vero & amplis femper honoribus
Florere, & alto Principi Hetruriae
Platere, iam multis ab annis
Flora probat, penitusq́ gaudet :
Quin & merentem non minus exteras

                                        Ingens

Ingens per oras gloria te manet,
Quacunq; ius ciuile gentes,
Pieriasq́ colunt sorores.

Minoaia let Graecia, & Aracum,
Orci & tenebris praeficias nigris,
Vt iudicent, dignóq́ manes
Supplicio afficiant nocentes.

At nos (Olympi gratia maximo
Regi) intueri te vegetum iuuat,
Legumq́ seruantem, & peritum,
Praesidióq́ reos leuantem.

Miramur & te, dum grauioribus
Interdum omissis rebus amabiles
Pangis modos, mentémq́ dulci
Alli quio exhilaras Camœnae.

Sané tuarum non id in vltimis
Vir magne laudum ponere nos decet;
Quando hinc Metauri, Arnióq́ tantus
Subsequitur fauor, atq; plausus.

O si canoro promere carmine
Possim, mihi quae plurima suppetunt,
Dum corde te mecum silenti,
Dumq́ tuos meditor honores.

Nam grata vernis quàm varios refert
Pratis colores aura Fauonij,
Viuacibus tàm multa de te
Quippe forent referenda chartis.

Sed

Sed ne phaselo litora paruulo
 Caute legentem me in pelagus trahant
 Vastum reforbentes procellae,
 Tempus erit cohibere velum.
Idq́, ipsa tui Musa silentij
 Amica poscit. non tamen interim
 Cessabo diuos deprecari,
 Nestoreos superantem ut annos
Consueta firmo corpore munia
 Obire te omnis Tuscia sentiat,
 Fanumq́ Fortunae diu te
 Gaudeat incolumi, & Metaurus.
Item precabor, natus ut optimus
 Virtute, magnisq́ auctus honoribus
 FRANCISCVS, omni ex parte laudes
 Vsque tuas studet aemulari;
Sic & Nepotes indole nobili
 TAVRELLIAE gentis amplificent decus,
 Tuamq́, felicem inuidenda
 Laetitia cumulent senectam.

LAELII TAVRELLII Annum agentis
LXXXIII.
Ad ANTONIVM GIGANTEM.

SI clara virtute Virum, aut Heroa videres,
 Qui meritis posset proximus ire Diis;
        X   Tolle-

Telleret hunc recte pulchro tua Musa labore,
  Insereretq́ astris, quà via lacte micat.
Aemula Dircaeis incassum at fulgura fundis,
  Dum mihi tot geminas lumina, culte Gigas.
Ipse quidem numeros aptas, orbesq́ reflectis,
  Maeandrisq́ ornas, multipliciq́ lyra.
Extollisq́, agitasq́, rotundior vndiq́, puro
  Purior Electro, candidiorq́ niue.
Has ego diuitias Thebani gurgitiu expers
  Vix capio angusto pectore, corde rigens.
Obruor oceano laudum, Phoebiq́ quadrigis
  Vror, & in saxum Phorcidis ore feror.
Sic cumulo premor attonitus, sub fasce satisco,
  Inq́ suum auctorem gloria tota redit.

Ad APOLLINEM.

ME Phoebe grates assidue̎ tibi
  Par est habere, ac dicere maximas;
  Libare quòd primis ab annis
Castalios dederis liquores;
Et mox adulto, quòd iuga visere
Concesseris Parnassia, & intimas
  Sedes Sororum, nuncq́ demùm
Esse aliquo in numero tuorum.
Num forte vanus memet amo, & mea?
  Veriq́ falsa ludor imagine?
  Nil prorsus à nostro remotum

Ingenio

Ingenio magis esse possit.
Nam mî vigil nec somnia fingo, nec
 Vulgi imperiti auram inhio leuem;
 TAVRELLII sed me peracre
 Iudicium, potius frequentis
Plausu theatri, cogit ab infima
 Tellure paulùm tollere verticem,
 Mihíq́ desumpta pudenter
 Laureola redimire frontem.
Is nanque nostrae non nihil estimat
 Cantus Camoenae; quin etiam suis
 Dignatus est me perbenignè
 Egregijs decorare scriptis.
An me ille pura candidior niue
 Lactet spe inani, laudibus efferens
 Fictis meos versus, vt ipsum
 Vatibus inferat immerentem?
Id credere ausit liuidus, & procax.
 Me nanque tanti iudicio viris
 Iuuat probari; ac inde nomen
 Posse meum tenebrosa spero
Vitare Lethes flumina. Sic mihi
 Adsis precanti numine dextero
 Latoe, digna vt te, tuísq́,
 Saepe viris placitura cantem.

X 2   SPI.

Ad LAVRENTIVM FRIZOLIVM.
De LVDOVICO BECCATELLO Ragusinorum
Archiepiscopo, ac Præposito
Prateosi.

SPIRANTES *Michael calluit Angelus*
Vultus de Pario ducere marmore,
Quos miretur & ætas
Præsens, seclaq́ postera.
Vrbinas etiam nobilis artifex
Mira compositis arte coloribus,
Dextraq́ haud superanda
Viuas pinxit imagines:
Tu verò mi anime hunc si cupis optimum
Aeternare virum; si BECCATELLI
Inquam nomen aues, &
Laudes tollere ad aurea
Caeli sidera; ne tu artificum manus
Solertes adeas; nam neq; marmora,
Nec praestare colores
Id possunt melius tibi,
Quàm docti egregius FRIZOLII *stylus.*
Quem pridem Venusinae citharae amulum
Agnoscunt, meritíq́
Illi à finibus vltimis
Vatum non humiles Ausonidum chori
Assurgunt, auidi cum studio illius

Sic

Sic praeclara legentes
Scripta, atq; aurea carmina;
Mercator veluti strenuus assolet
　Gemmas percupidè quaerere lucidas,
　Et bacas, pretiosas
　Merces aequoris Indici.
I tu ergò, & properè te in celeberrimam
　Vrbem Flaminiae transfer Ariminum
　O Musa, ille vbi tantus
　Vates curat Apollinis
Sacra, atque assiduis aethera cantibus,
　Et litus resonat nobilis Adriae,
　Nunc facta alta virorum,
　Nunc laudes referens Dei.
Quem nostro simulac nomine iusseris
　Saluere (haud equidem suspicor, infimi
　Etsi ignota poetae
　Illuc nuntia veneris,
Te sacro illius è limine pellier)
　Quàm verbis, precibusq́; est pote maximis
　Exorare memento,
　Vt doctam admoueat manum
Felici calamo, qui valet è styge
　Quemuis eximere, & secla per omnia
　Conseruare celebrem:
　Qualis Mercurij aurea
Virga ex Persephones dicitur horrido

Regno

Regno posse animas eripere, & Iouis
    Celsa in tecta referre.
    Tum magnas BECATELLII
Laudes grandiloquis versibus inserat;
    Quas iam fama volans vexit in exteras
    Gentes; at decoratas
    Claris FRIZOLII notis
Nequicquam volucres temporis inuidi
    Cursus imminuent; quin nitidas magis
    Ipsa lampade Phoebi
    Omnis posteritas leget.
Ac nempe eximium dum celebrat virum,
    (Quamuis perpetuo maxima suppetas
    Illi copia laudum)
    Ingens materies fluet;
Seu dotes animi, & fertilis ingeni,
    Seu mores libeat dicere amabiles,
    Seu vitae integritatem,
    Et recti studium, ac fidem.
Seu quae sanctè obijt publica munia
    Percensere iuuet; siue pio vt gregem
    CHRISTI pascat amore, &
    Quàm purè peragat sacra.
At mi difficile est, innumerabiles
    Vel laudum titulos carmine persequi;
    Ni fortè haec sapienti
    Vati sint satis, ac super.

                                        Nil

Nil ergò vlterius te decet addere,
    Cùm testata deos, Pieri, dixeris,
    Te non posse GIGANTI
    Vllum iam pretiosius
Munus ferre, sui quàm meritißimi
    Quae laudes domini pagina continet,
    Praesertim egregio quam
    Signet FRIZOLIVS stylo.

Ad MARIVM COLVMNAM Stephani F.

DETERGE longo puluere sordidum
    Plectrum, & sonoras adde fides lyrae,
    Illudq́ mî dextrae, hancq́ laeuo
    O puer admoueas lacerto.
Cessasnè? magnus sic MARIVS iubet:
    Nihil negandum est, cui superi bona
    Tot, tantaq́ vltrò detulerunt,
    Cuiq́ volens teneris ab annis
Phoebus reuinxit fronde sacra comas:
    Quo tempore omnis Pieridum chorus
    Cum Gratijs certauit, illum
    Eximijs cumulare donis.
Sed tu, MARI, quidnam obsecro vis tibi?
    Vnde haec cupido, Vatis vt infimi
    Poscas agrestem audire cantum,
    Et citharam malè garrientem?
Nae tu videris (pace loquar tua)

                                    Periae.

Pertæsus Vrbis Lautitiae, rudes
Escas colonorum, & Falerno
Pro liquido appetijsse vappam.
Quod forte si nunc taedium (vt euenit)
Seuerioris te studij capit:
Nunquid tibi me posse reris
Languidulam recreare mentem?
Nom Musam Apollo ditat adhuc meam
COLVMNA tanto munere: non chelys
Haec eualet, plectro insuaui
Tunsa, graues animos leuare.
Nanque obstrepenti fingere gutture
Anser canoros non potis est modos,
Tuscas quibus BARGAEVS oras
Dulce solet resonare cygnus.
Quæcunqʒ verò nomine id imperas,
Parere certum est: quin tibi maximas
Grates ago, quòd memet aure
Tam facili, atqʒ adeò benigno
Sermone dignas: quòdꝗ etiam mea
Legenda me vltrò carmina flagitas,
Musaeolum nec te secundò
Poenituit subijsse nostrum.
Hinc & vetusto Romulidum satum
Agnoscimus te sanguine, parua qui
Non despicis, cùm tu inter omnes
Sis, meritóꝗ habeare magnus.

Quanquam iocofa id tùm grauitas tua,
　Tùm verba miris ſparſa leporibus,
　Tùm fortis æquè ac doĉta dextra
　Indicijs perbibent apertis.
Blandirier nulli ingenitus pudor
　Me ſiuit vnquam: quod ſi ego te inclyta
　Vel ſtirpe, vel virtute clarum
　Nobilium iuuenum Italorum
Florem eſſe dicam: Romáq, Floráq
　Vno ore longè vera fatebitur
　Dixiſſe me, nec non frequenti
　Excipiet mea verba plauſu.
At quid minutis carminibus tuas
　Perſtringo laudes, ſi numero carent,
　Vt aſtra, quae fulgere Caelo
　Plurima ſuſpicimus ſereno?
Praeſtabit ergò reddere ſtridulam
　Teſtudinem clauo; indeq, mox eam,
　Et forſitan cum molliori
　Peĉtine te meditans, refigam.

Ad PETRVM VICTORIVM.

Nobilis Florae meditanti honores,
　Siue quos priſci peperere longis
　Seculis ciues opibus potentes,
　　Inclyti & armis;
Siue quos illi Medicum beata

In dies auget soboles, perenne
  Italae gentis decus, atque regni
       Robur Etrusci;

Obuiam sese tua, docte PETRE,
  Fert mihi virtus, animumq́, & omnes
  Occupat sensus, aciesq́ claro
       Lumine stringit.

Qualis Astrorum numerum, & figuras
  Ante Lucanas cupide intuenti
  Aureis Sol vectus equis Eoa
       Surgit ab vnda.

Hinc tuum nostro celebrare plectro
  Nomen audemus, licet omnis impar
  Sit tuis longe meritis futurus
       Laudis aceruus.

Tu mihi ò cultrix Heliconis adsis,
  Nunc chelym praeter solitum canoram
  Redde, nunc & digna viri aure tanti
       Carmina dicta.

Quem toga illustri, & senio decorum
  Ciuium cunctus veneratur ordo,
  Et ducem morum sequitur proborum
       Tota iuuentus.

Sicuti quondam Sophiae parentem
  Pars Athenarum melior fouebat,
  Ac velut cultum tribuit senectae
       Roma Catonis.

Quippe nil tantum eſt homini expetendum,
 Recta quàm mens, & ſtudio bonarum
 Artium flagrans, animusq́ rebus
  Pronus honeſtis.

Quae quidem puro renitens in auro
 Gemma, VICTORI, tibi ſingulari
 Obtigit dono ſuperùm: nec ipſa
  Munere tanto

Vteris fruſtrà tibi diues vni;
 Sed tuae largus patriae, atque Tuſcie
 Sedulò impertis, penitusq́ toti
  Diuidis orbi.

Nanque vbi ſermo colitur Latinus,
 Enitent docti ingenij labores,
 Et ſtylo quae iu egregiè diſerto
  Plurima pangis.

Tu libris magni Ciceronis aeuo
 Obſitis longo decus & nitorem
 Reddis, ac plures alios ab omni
  Labe repurgans,

Inſuper ſenſus aperis repoſtos.
 Tantus ignaris ſimul, & peritis
 (Quod potes multùm) bene conſulendi
  Te tenet ardor.

Teq́ priſcorum meliora Graiùm
 Scripta praebentem Heſperijs legenda,
 Nunc manet laus, & peritura nullo
  Gloria ſeclo.   X 2   Aſt

Aſt honoratam ſubiens cathedram
  Dij boni, quanta grauitate, quanto
  Fonte verborum monumenta vatum
      Sacra recludis?
Et tuam ſanctus Pater eruditam
  Audijt vocem, ſacer & Senatus,
  Atq; te admirans hominum corona
      Aſtitit ingens:
Cùm Duce à magno veniens ad Vrbem
  Miſſus orator, populi frequentis
  Verteres in te, quaſi Marcus alter
      Tullius, ora.
Proinde ſummis ò decorata donis
  Flora, cultisq́ ingenijs, & auro
  Affluens, vt iure Italis ferare
      Vrbibus eſſe
Pulchrior, tanto fruere, atque gaude
  Ciue, ſplendorem tibi qui togatus
  Addit, & pubem ſtudys, bonisq́
      Moribus ornat.
Nae viris prudens Plato Ciuitatem
  Talibus cenſet fore perbeatam:
  Hi. opes, clarum genus, & triumphi
      Laurea cedat.
Sed meæ quanquam tenues Camoenae
  Spiritus inſint, neq; pene quiſquàm
  Sit potis finem reperire laudum
      PETRE tuarum;

At tamen rhythmos ego longiores
  Rursus ordirer, nisi iam moneret
Me pudor, ne te grauiora semper
    Mente agitantem
Demorer cantu, citharáq; agresti.
Ergò sat magna haec tibi sint, precamur
(Parua sint quanuis) animi, atq; cultus
    Pignora nostri.

PETRVS VICTORIVS ANTONIO GIGANTI Sal.

NON mihi primum nunc, cum in manus meas
venit nouum carmen tuum, vel meum potius,
cognitum, & perspectii, uit elegans ingenium
tuum, Gigas suauissime, & naturae bonitas singularis,
quà impelleris ad ornandos amicos, & in Caelum summis laudibus ferendos: legeram enim multo antea non-
nulla tua carmina, plena venustatis, & artis, quibus ce
lebrabas honestos viros, & magna virtute praeditos, in
ijs fuit grauis Ode, qua laudasti clarissimum virum, &
tuo praeconio dignissimum, Laelium Taurelium, cuius
sanè carminis non facilè dixerim argumentum ne fuerit
verius an facultas scribendi ipsum, & omnibus artis co
loribus pingendi maior. Iam tum igitur mihi placuisti,
& ijs omnibus de causis in animum meum amanter irru
pisti: non minus enim delector laude amicorum, quàm
mei ipsius; semper autem amaui optimum hunc, & do-
Etissimum virum, & eximias ipsius virtutes valde ad-
    miratus

miratus sum: cepi igitur voluptatem non paruam, cum
vidi ipsum dignè, ac meritò commendatum. Vtinam ma
teriam parem nactus esses, cum induxisti in animum me
illustrare, sed quanto minora sunt, & tenuiora mea merita, tanto magis apparet, atque illustrior est tua virtus,
& ingenij vis, ac potestas, qua tractasti hoc exile argumentum, vt si opimum, amplumque foret, splendorisq́ ipsi
plurimum attulisti, ob diuitias tuae naturae, & artifi-
cium mirificum pangendi carminis. Similem igitur te
iudico veteribus illis melicis Graecis, Simonidi, Stesi-
choro, Pindaro, & vni Latino Flacco, in quorum pa-
laestrā magno animo ingressus es, imitarisq́ illos egregie,
vel potius certas cum ipsis de loco honeste, quod si in isto
itinere perseueraris, humanioresq́ has musas toto pectore
coluerit, spero fore, vt eandem gloriam, quam illi nacti
sunt, consequaris, quorum nomen adhuc post tot secula
viget, ac semper florebit, quamuis ingeniorum monimen
ta, iniquitate superiorum temporum magna ex parte pe-
rierint. Non dubito autē quin id facturus sis: qui enim
semel dulces hos fructus musarum gustauit, non potest ab
illis discedere, nec vllo casu pati se inde abripi: esset nāq́
laudi, & gloriae suae inimicus, et eodem tempore ab honore, & fama excellentium virorum paenè alienus, quā
potest facile augere, et dignitati eorū non paruum cumulū
addere. Sed hæc tibi praeclare nota sunt, nec necesse
erat cursui tuo ardenti stimulū admouere, sed volui tecum
aliquantulum per litteras loqui, familiari hoc meo, &
humili

humili sermone, postquam pari studio, & poetica vber-
tate compensare beneuolentiam tuam me posse diffisus su:
cum autem te antea dilexerim, ob dotes animi tui, & stu
dium, quo flagras dilaudandi claros, & probos viros,
putare debes, in quo non decipiere, me magis te amare,
postquam cognoui tàm pronum esse in honorem meum, et
effundere omnes vires in me commendando: etsi enim me
non magnopere auidum gloriae puto, praesertim falsae,
tamen fateor me delectatum, cum legi carmen tuũ, in quo
vndiǫ collegisti, quae similitudinem aliquam in vita
mea ante acta, honesti facti habebant, & vmbram tenuem dignitatis. Vale.

Ad Io Baptistam Campegivm
Episcopum Maioricensem.

QVas ab immenso cumulo, atǫ honorum
Fonte inexhausto tibi singulares
Seliget laudes, referetǫ digno
    Pectine Clio,

Magne CAMPEGI? neǫ enim parentis
Inclyti, & fratrum decus optimorum,
Ac opes tantas breuiore coner
    Stringere versu.

Nec tuas certo numero carentes
Pene virtutes memorare cunctas
Audeam, vanteǫ poli, & Africanae
    Mensor aetuae,

Nempe

Nempè si prisca probitate, & aureis
    Moribus cultum, & facilem te in omnes,
    Et pium dicam, Sophiae, atq; veras
        Laudis amantem:
- Floribus paucis tenuem coronam
    Texero; ast illam tibi prorsus vni
    Debitam agnoscet, nitidis adornans
        Felsina gemmis.
Nam tui claras animi ipsa dotes
    (Vt solet) pleno celebrabit ore,
    Dulceq́ & doctum eloquium, styloq́
        Scripta diserto.
Addet & magno excipiente tota
    Plebe cum plausu, vt tua liberalis
    Dextra de multis bene promereri
        Sedula curet.
Quo quidem humano generi, deisq́,
    Gratius nil est, neque, quàm iuuando
    Plurimos, diuis humines propinquans
        Re magis vlla.
Si quis immensum tumet affluenti
    Copia rerum, sciat infidelis
    Dona Fortunae sibi non perenne
        Credita in aeuum.
At modum quisquis tenet his fruendi,
    Nec dulens sump:us refugit decentes,
    Et suis largè, populoq́ partem
        Ponit egeno:

                            Ille

Ille nequicquam tenebrosa duri
    Regna Plutonis metuet, nec ora
    Saeua Minois, neque tempus atra o-
            bliuia ducens.
Sed, velut celsas Iouis ales oras
    Aetheris penna celeri penetrat,
    Sic leuis nubes super ipse, & astra
            Lucida scandet,
Hinc & hinc gratas bené deprecantum
    Audiens voces, calamosq́ centum
    In suas cernens properare laudes,
            Plectraq́ centum.
Tanta sed virtus licet inter omnes
    Clarior Phoebi radijs nitescat,
    Ipsius lucem tamen haud frequenter
            Suspicit orbis.
Quo magis de te tua glorietur
    Ciuitas, & te colat, ac celebret,
    Vt tuum nomen Dacus, atque vterq;
            Audiat Indus;
O vir Illustris, citharaq́ Vatis
    Digne Thebani, Lachesis seuerae
    Immerens dextra subigi potente;
            Ne dicis vnquam
Tale mortales doleant ademptum.
    Sed Patris summi maneat voluntas,
    Plurimos qui 'e incolumem, ac beatum
            Seruet in annos. Z QVA

De Cosmo Medice Magno
Hetruriæ Duce.

Antonius. QVA laude, vel quo, Pieri, carmine
Digne canemus nominis Itali,
Hetruriae nedum potentis,
Eximium decus, atque robur?

Musa Ne tu id pusillis versibus audeas,
Sed magna Magnum plectra sonent Ducem:
Quem Aionci; cygnus deceret
Elysijs revocandus oris.

A. Quis ergo laudes illius inclytas
Feret per orbem? quis venientibus
Testabitur seclis recensem
Impositam capiti Coronam?

M. Ignare, nescis, Tuscia quot viros
Alat celebres dotibus ingeni?
Hi Maximi COSMI tum auitos,
Tum proprios referent honores.

A. Non immerentem, Diua, redarguis:
Verùm hoc roganti dic age, Quis sibi
Tam grande opus praestantiori
Pectine concelebrare sumet?

M. PETRVM inter omnes ANGELIVM meae
Fouent sorores (tabificus procul
Hinc liuor esto) insignem Apollo
Huic citharam dedit, atque cantum.

Vatem

Vatem ò beatum, quandoquidem tuis
   Tantam cothurnus materiam manet:
   Tu nomine hoc vno vetustis
   Haud eris inferior Poetis.
Ducem ò beatum, quem magis in dies
   Caeli benignus prosequitur fauor:
   Heroibus næ iure priscis
   Postera te annumerabit aetas.

In Diem Festum omnium SANCTORVM

QVID me canorae suauil quas lyrae
   Chordas mouentem nunc potius decet
   Cantare? dum curis soluta
   Mens placida fruitur quiete,
Et membra nullus sollicitat labor,
   Non est silendum: te moneo tamen,
   Versus die festo profanos
   Abstineas memorare Clio.
Quin ò beatae vos animae precor,
   Altas olympi quae colitis domos,
   Diui, atq; Diuae, queis Nouembres
   Sacra simul referunt Calendae;
Adeste vatis carminibus pij,
   Edatq́ vobis auspicibus nouum
   Rhythmum, & sacras luces decentem
   Pulsa chelys grauiore plectro.
Teq́ inter omnes praecipuam rogo

Z 2   *Regina*

Regina Coeli; tu modò barbiton
Doce tuas laudes sonare,
Ingeniumq́ foue pusillum.
Verùm quibus te laudibus efferam,
    Quando Angelorum te nequeunt satis
    Laudare linguae? sed quis vnquam
    Verba queat reperire digna
Virtutibus, quae Caelicolûm Patri
    Prae caeteris mortalibus vnicé
    Te reddiderunt caram: vt, alto
    Consilio reparare lapsum
Cùm vellet orbem, condiderit tua
    Pudica in aluo mirificis modis
    Suum ipse Verbum, vt se inde veram
    Indueret hominis figuram?
Hinc te piorum coetus honoribus
    Summi parentem prosequitur Dei,
    Latéq́ terrarum per orbem
    Maxima templa tibi dicauit.
Te, qui molestis opprimitur malis,
    Et quem periclum commouet imminens,
    Votis adit supplex: at ipsa
    Suscipis aure preces benigna.
Itemq́ vestram sentit opem, integro
    Qui corde vobis supplicat, ò boni
    Diui, supremo ab Rege cuncta
    Cùm prece, tùm merito impetrantes.

                                    O quàm

O quàm libenti nunc animo iuuat
    Delubra quaedam me reminiscier,
    Quae aut Italas vidi per vrbes
    Ipse cculis, alijsvè in oris
Structa esse miris artibus audij.
    Surgunt vbi arae Caelitibus sacrae,
    Odore fragrantes Sabaeo;
    Stant & vbi simulachra Diuûm,
Vel sculpta laeui marmore, vel cedro
    Dolata, vel depicta coloribus;
    Murisq́ votiuae tabellae
    Innumerae, ac laqueare pendent.
Hic nempe priscis mos patribus fuit;
    Hunc deinde in omni tempore postera
    Seruauit aetas; hunc minores
    Nos etiam retinere par est.
At improborum concidat insolens
    Manus, vetustos quae studet impiè
    Delere ritus, & verendas
    Effigies violare Diuûm.
Nos verò honorem imponere debitum
    Iuuabit aris; nos venerabimur
    Diuos decenter, sicut olim
    Edocuit pietas auorum.
Sic vos benigni Caelicolûm chori
    Iuuate vestra Christicolas ope,
    Quicunque vobis dedicatam
    Rite diem celebrare gaudent.

                        FESTVM

IN DIEM FESTVM DIVI MARTINI.

FESTVM *concelebrans diem*
  MARTINI, grauibus non ego poculis
Fundam vina sodalibus,
  Indulgens genio perditus, & iocis,
Nec lautas epulas amans,
  Vt vulgus rude mos impius edocet.
Cultoresne igitur Dei
  Bacchantum indecorem ritum imitabimur?
Istum non ab olympijs
  Diuus respiciens sedibus approbat
Cultum, & barbaricos modos
  MARTINVS, qui agitans duriter admodùm
Aenum, sobrius, & vigil,
  Non his delitijs CHRISTI aluit gregem.
Rex Caeli & mihi, & omnibus
  Da, quaeso, melius consilium pijs.
Me sacrata tibi, & tuis
  Diuis Templa frequenter iuuet ingredi,
Et puris manibus sacro
  Frontem spargere rore, atq; animo preces
Casto fundere supplices.
  Verùm ad laetitiam sobrius interim
Si mentem furor excitet:
  Dum te, ò perpetuae laetitiae dator,

Ae

Ac laudes resonet tuas,
Dulcem non renuam tendere barbiton.

In diem Festum D. NICOLAI Myræ
Epiſcopi , & Confeſſ

OPTATAM, ſocÿ, bruma refert diem
Feſtam NICOLEO. hanc agedum ſacris
Vt par eſt. celebremus
Vnà laudibus , & modis.
Pompas ne pigeat ducere ſupplices,
Concordiq́ preces fundere pectore,
Quas Rex ſummus olympi
Aequis audiat auribus.
'Ardentes manibus tollite iam faces;
Ad templum iuuat ire. incipe iam puer
Crines cincte virenti
Lauro promere carmina.
Dic ternos tacita nocte pecuniae
Porrectae loculos ſollicito patri,
Caſtis dote pudicis
Vt natis generos emat.
Die ſaeuo innumeros aequore nauitas
Seruatos. tumidis dic quoq; fluctibus,
Ereptasq́ furentis
Euri turbinibus rates.
Noſtris nec ſileas auxilium choris
Praeſenti toties numine praeſtitum,

Dum

Dum rerum inscia pubes
Incerto ferimur pede.
Patronum meritò te pueri vocant,
Solennemq́ tuam ritè colunt diem:
Nam te, Diue, sequuntur,
Et morum, & studij ducem.
Adsis supplicibus sancte pater tuis,
Et nostri fauea cursibus ingenij,
Quin haec laeta quotannis
Da ferre incolumes sacra.

AD LAVRAM BATTIFERRAM
AMANATAM.

EGREGIAE formae laudes, seu carmine prisco
Concelebras, siue recenti,
Vt lubet assumat mulier sibi pulchra licenter,
Ac multùm se iactet in illa:
Dum nitidis oculis, & laeui gratia fronti,
Atque comis insederit aureis.
Sed mox paulatim deflorescentibus annis,
Aut Vltrò, aut inuita reponet.
Ast animi quaecunq́ bonas est foemina dotes,
Et pectus sortita pudicum:
Haud quaquam tristis metuens erit illa senectae,
Nec cultu exultabit inani.
Quin Regum quauis Vxore beatior aeuum
Transiget. vt facere admiramur

Tete

Te te ope nobilium virtutum LAVRA tuarum,
    Quarum splendorem haud nitor auri,
Nec gemmae aequiparare valent, quas Vtraq; plus
    Diuersis fert India ab oris.   (te
Iure igitur tanto te Flora illustris honore
    Excipit, & quocunq; locorum
Tusci Heliconis adit praeclarum nomen, eodem
    BATTIFERRAE fama peragrat.
Quod nostra haec aetas, melioribus aemula seclis
    Graiorum, te laeta vocare
Iandudum Sapphona suam consueuit, in vno
    Hoc etiam felicior illis;
Nam cultrix tua Musa sacri intemerata pudoris,
    Carmina castis auribus Vsque
Digna sonat, laudesq́ Dei plectro aptat Etrusco,
    Quas numeris caelestibus olim
Iessaeus cecinit Vates. quo hîc gratior aura
    Te sequitur, maioraq́ longe
Praemia deinde manent: aequa cum lance rependens
    Facta bene; ac bene dicta piorum
Rex Caeli, aeternis redimitam tempora sertis
    Aetheria te in sede locabit:
Angelicis vbi iuncta choris, animisq́ beatis
    Perpetuos modulaberis hymnos.
Sed tu LAVRA tamen, dum mente haec concipis al-
    Exiguos ne despice flores,   (ta;
Quos tibi, ad indicium studij, atq; ingentis amoris,

A a   Legit

Legit parui Musa Gigantis,
Dum Pratis in Viridi terit ocia, nec sibi visus
Est laudum expers esse tuarum;
Nobilis Vrbini cum non procul vrbe Penates
Ipse suos veneretur, apricas
Quà valles secat, & Sempronî moenia laeta
Subiert habitat amor Metaurus.

De Coniugio FRANCISCI MARIAE Vrbinatum
Principis, & LVCRETIAE ATESTINAE.

NOBILIVM eximias laudes, & fortia facta
Heroum, claramq́ vetusto
Sanguine progeniem, armis, imperioq́ potentê,
Tum plectro, tum carmine digno
Dicere, formosus paucis concessit Apollo.
Me verò tam insana cupido
Non agit, vt sperem QVERCVS ingentis honores
Exiguis comprendere chartis.
Pauca tamen liceat laetanti corde profari,
Dum felicia fata Metauri
Admiror: qui stolos inter celeberrimus amnes
Laetitiae dans signa recentis,
Splendidior solito, ac penè exultantibus vndis
Adriacum procurrit in aequor.
Cùm coetus passim per ripas cernat ouantes
Laetis indulgere choreis,
Et festos agitare dies, ac instar olorum

Ferre

Ferre sui super æthera cantu
FRANCISCI MARIAE *laudes, eiusq́ beatos*
  Certatim celebrare hymenaeos.
Salue dijs gratum superis, ac nobile flumen,
  Tuq́, ò felicissima tellus
Salue, haud obscuris meritis dignissima tanta
  Principe. quem florente iuuenta
Ingentes decorant animi, moresq́ benigni,
  Et prudentia grandior annis.
Cuius & egregias mirata Hispania dotes
  Nuper magno excepit honore.
Hinc etiam Italia illum planè suspicit omnis,
  Magnanimûmq́ agnoscit auorum
Dignum stirpe genus, seu quâ gens FELTRIA *nomen*
  Dat ducibus memoranda vetustis:
Seu quâ alto gemini clarent de ROBORE *summi*
  Pontifices, & Martia proles.
Fortunatae Vibes, queis tam felicia Parcæ
  Stamina neuere, atque secundo
Numine Caelicolum longa iam pace quietis
  Nunc GVIDO *moderatur* VBALDVS
Lenibus imperijs, felix pater, inclyta cuius
  Insistens vestigia natus
Sceptra reget. Quidnam te nobilis ora Pisauri
  Non olim sperare decebit
Illius auspicijs? alij ditissima regna
  Iactabunt, finesq́ patentes:

Tu tamen hoc proprio superûm laetabere donō,
  Quòd tales tibi semper habere
Dent dominos: quorum meritis (quando optima lar-
  Compensant Dij facta piorum)   ge
En tibi, cùm toto saeuit Mars tristis in orbe,
  Praecipuam dextro omine fundunt
Laetitiam, priscosq́, nouis splendoribus augent.
  Dum LVCRETIA, clara propago
Stirpis ATESTINAE, gemmis insignis, & auro,
  Ac procerum comitata cateruis,
Coniugis eximij gaudens subit aurea tecta.
  Quam genus alto à sanguine Regum
Ducentem exornat miro Venus alma decore:
  Et centum eius pectus honestum
Artibus erudiunt Pallas, doctae q́ sorores.
  Huius in aduentu omnia plausu
Litora pulsa sonant, amnes, collesq́, virentes,
  Et late nemus omne resultat.
Quò mage fausta licet praenoscere fata nepotum,
  Quos terrae, caeliq́ fauores
Praeueniunt tanti. Soboles hinc maxima surget,
  Quae quondam protendat auitum
Imperium, & decus augeat immortale parentum.
  Sic, ò sic cuncti omina firment
Caelicolae, in q́ dies ipsis noua gaudia sponsis
  Amplificent, populoq́ fideli.

                5. Aprilis 1570.

                    NVM

Ad IVLIVM FELTRIVM de RVVERE
Cardinalem Ampliss.

NVM me, quòd meritis pro tantis, Inclyte IVLI,
   Grates tibi non egerim
Praesenti, nec signa humilis dederim vlla
   Vel fronte, vel curuo genu,   (clientis
Ingratum dices? nec dignum, quem amplius ipse
   Fauore tueris tuo?
An potius (tua quae bonitas est plurima) agresti
   Parces pudori, & quem semel
Officijs vltrò fouisti, hunc protinus omni
   Iuuare mox perges ope?
Nempe tui hoc animi est proprium, ingenijq́ benigni,
   Mutare nec te erit potis
Aut mens cuiusquam rudis, aut inscitia rerum,
   Aut benefici obliuio.
Ast ego, quàm meriti immemoris tibi nomine fiam
   Suspectus, optarim prius,
Cuncti vt inexpletis odijs hominesq́, deùmq́
   Me prosequantur numina.
Haec igitur sine me tutam spe ducere vitam,
   Quocùnque fata deferent;
Vt me, seu primo reuocatus amore Metauri
   Sedes paternas incolam:
Seu iubeant alia dij me consistere terra,
   Credas tibi addictißimum.

                          Quam

Quam si ego te veniam exoro, iucundius euum
   Beatiusq́ transigam;
Quàm si diuitijs pleno sors aurea cornu
   Me ditet, atque honoribus.

Ad GEORGIVM GOTTVM Ragusinum.
Romam.

GOTI, meorum amabilissime omnium
   Sodalium, quot nunc mihi
Sunt, aut fuere, aut post erunt, dum spiritus
   Haec membra vitalis reget:
Cur literas sitire me dulcissimas
   Diutius sinis tuas?
Nam quinqs iam ferè peractis mensibus
   Tuum queror silentium.
Nunquid tibi fluxisse me dicam sinu?
   Sed absit, hoc vt suspicer,
Notamuè turpem amico inuram candido.
   Quid ergò? num te forsitan
Minus valere cogitem? at menti omina
   Dij tristia auertant piae.
Quin optimè tibi esse, teq́ mutuo
   Gigantem amore prosequi,
Tam continenter credo, quàm lubens velim.
   Ast interim mihi malè
Scito esse, GOTI: non quòd artus langueant,
   Sed quòd labores anxia

                        Mens,

Mens, dum tabellas tandiu expectat tuas:
 Quòd te per omnes Gratias
Oro, hanc vt illi deleas molestiam:
 Sic te vicißim caelites
Ament benigni, ac iam tibi diutinum
 Bene explicent negocium.

Ad CAESAREM CAVANILIVM.

INGENTES·CAVANILIO
 Grates Musa, precor, nunc age CAESARI,
 Quem non esse mei sinunt
Oblitum spatia aut temporis, aut loci.
Et nuper mihi pyxidem
 Misit perlepidam, vt pluribus vndiq́
Musaeum decoret meum :
 Quam longe pateris me iuuat aureis
Praeferre, atque ebori Indico
 Caelato egregia Praxitelis manu:
At me obstrinxerat antea
 Multis ille quidem nominibus sibi ;
Dum sermonibus, & iocis
 Me dignat, placidusq́ officijs fouet:
Ergò illi magis ac magis
 Me addictum fateor, nec meriti immemor
Lethes lurida flumina
 Tranabo ; & mea si quid poterit lyra,
Nomen nobile CAESARIS
 Ediscet superum litus, et inferum.   AL-

Ad ALBERTVM ALBERTANVM Collensem,
Prætori Pratensi assessorem.

O COLLIS altis nobilior iugis,
  Cingunt potentem quot quot Hetruriam,
    Insignium ò fater virorum,
      Fertilibusq́ opulente glebis;
Hunc laetus hymnum suscipe, quem sacras
  Bisenti ad vndas condidimus, tuum
    Praeconio Ciuem efferentes
      Non humili, neq; laude ficta.
Praeclaram in illo nunq; peritam
  Boniq́, & aequi dicimus insitam,
    Mentemq́ ab omni labe tutam,
      Muneribusq́ manum abstinentem:
His nempè quisquis praeditus artibus
  Iudex tribunal scandet, is omnium
    Hinc inde virtutum cateruas
      Ordine conspiciet decoro
Sibi assidentes; nec superûm Pater
  Nequicquam ab altis Verticibus poli
    Spectabit illum iudicantem,
      Aurea nec Themidis puella.
Quae, vt fertur, olim moribus improbis
  Infensa terras deseruit graues,
    Caelumq́ sublime, & parentis
      Sidereas repetiuit arces.

ALBER-

ALBERTE *sed tu, quiᶜ tibi pares*
Intaminatos iuſtitiae gerunt
Faſces, eam feliciori
Omine conciliatis orbi.

Dum nec ſeueras parcitis in reos
Inferre poenas, nec ſinitis mala
Quenquam opprimi fraude innocentem,
Aut hominum rabie potentum.

Vos & benignam patre carentibus
Praebetis aurem; vos viduas (pium
Opus) tuemini, aduenasᶜ
Praeſidio, atqꝫ inopes fouetis.

Dij magna vobis praemia pro bene
Factis rependant; praemia, quae vorax
Nec tempus vnquam auferre poſsit,
Nec Lacheſis violenta dextra.

Tum veſtra doctis nomina paginis,
Veſtrasᶜ laudes carmine praedicet
Amabili, cuicunqꝫ dexter
Cynthius adfuerit canenti.

Me nanqꝫ grati (quicquid id eſt) tibi
Praeſtaſſe amici officium iuuat,
Meisᶜ te ALBERTANE dulcis
(Quod potui) voluiſſe paruis

Ornare ſcriptis; dum populus frequens
Pratenſis actus approbat integros,
Tuamᶜ procurationem
Egregio celebrat fauore.   Bb   *Mul.*

Ad Inghiramvm Inghiramivm
Pratensem.

Mvltam Inghiramo die Musa rogata salu-
　Sodali amabilissimo.　　　　　　　　(tem
　　Quem modo languentem quamuis inuisere ces-
　Caussa impeditus non leui:　　　　　　(sem
Non tamen ille mihi ex animo, non illius vnquam
　Ab ore nomen excidit.
Atq; haec vera quidem testantem nomine nostro
　Te, non sinet Renerivs
Mentiri, nostri syncerus pectoris index,
　Idemq́ consors omnium
Sermonum. At si quo obsequio me posse leuare
　Nunc illius morbum rear:
Haud equidem pigeat totas assistere noctes.
　Quin frigus acre perferens,
Iussus in Alpinis etiam nunc montibus ausim
　Herbas salubres quaerere.
Sed quando auxilium illi ferre aliunde nequimus,
　Non interim cessabimus
In vota, & caeli supremum poscere regem;
　Vt pristinas ocyssimé
Restituat vires aegro roburq́ sodali.
　Sic me pia aure exaudiat,
Atq; reum voti genitor me reddat, vt ipse
　Promissa persoluam libens.

QVEM

Ad Eundem.

QVEM modò solicitum, ac languentem tristis adi-
  Nunc laetum, rectą́ valentem   (bas,
    Tu quoq; laeta meum INGHIRAMVM inuise
Quosą́ recens mandauit honores   (Thalia:
Magnanimus Princeps, soboles Magni inclyta Cos
    Quod poteris, gratare merenti.   (MI,
Sed caue, ne longo frustrà sermone moreris
    Res multas, abitumą́ parantem.
Quin satis officio paucis fecisse putato:
    Nanq; tuis augescere verbis
Iam nequeunt nostri, nec item decrescere amores,
    Quod felix, faustumą́ precata
Illi iter, ac laetos fasces, haec tum breuis adde.
    Annua te, INGHIRAMB, tenebit
Praetura absentem Fiuisani: Antonius Vrbem
    Felsineam fors antè reuiset,
Quàm Phoebi currum furiet vis saeua Leonis.
    Sic diuersae hoc tempore habebunt
Vos terrae; sed amor spatijs non diuidat vllis,
    Dum reduces iterum, incolumesą́
Ambos Caelicolae Bisenti ad flumina sistant;
    Cum lepidisą́ sodalibus vnà
Dulcia libantes interdum pocula Baccho,
    Villula vos Pimontis obumbret.

Ad ACHILLEM BECCATELLVM
Cæsaris Filium.

Sit acre quamuis ingenium tibi,
    Dilecte ACHILLES, adsit & optimas
    Propensa ad artes singulari
    Munere Caelicolum voluntas;
Tamen recessu Pieridum sacros
    Adire nullo cum duce praeuio
    Frustra laborabis, nec vnquam
    Castalij hauseris ore fontes.
Errore multos nam via lubrico
    Anceps fefellit, nec minus in dies
    Fallet, sibi dum quisque fidens
    Gaudet iter tenuisse rectum.
At quem recursus turpis ad vltimum
    Limen reducit, sibilus, & procax
    Viciniae risus dolentem,
    Et nota consequitur perennis.
Non expedito tramite certior
    Te sistet index, quàm veterum aurea
    Vestigia: haec insiste fortis,
    Huc acies, animumq́ flecte.
Hos te sequentem non pudor, aut metus
    Vexabit vllo tempore deuium;
    Sed dulcis hinc victorem oliua
    Te manet, & requies laborum.
Qui destinatum dirigit ad scopum

                                  Certus

Certus sagittas, proposito minus
Aberrat. ergo aude optimos iam
Nunc studio puer æmulari.

In Obitu MARCI TVLLII BEROI Bononiensis.

M ARCI *funera* TVLLII,
   Quem longè et propè deflent Heliconia
  Quot quot sacra petunt iuga,
Lugubri ipse etiam carmine prosequar;
Etsi, dum capitis mihi
  Tam cari memoro saepius exitum,
Maior me cruciat dolor.

  Sed quî non animo semper erit tua
Impressa effigies meo
  BEROE? *aut spatium quod mihi temporis*
Posthac tam breue defluet,
  Quin docti vsque tui sim alloquij memor,
Musæq́, & lyrae amabilis?
  Quà, campos vbi opimos minor irrigat
Rhenus, nulla sonantior
  Molles detinuit Naiadum choros.
Infelix hominum genus,
  Subiectum & miseris conditionibus;
Cui nullo Superi bono
  Dant longis proprio temporibus frui.
Eheu mors nimium potens,

Et nobis nimium immitis, & inuida;
Quanto moenia Felsinae
  Nunc moerore reples; quo gemitu optimam
Matrem conficis, & piam
  Vxorem, & puerum spem patris vnicam,
Me verò vi facis intimo
  In corde assiduam ferre molestiam.
Ergò exinde Bononiam
  Visens, te, vt soleo, non ibi, candida
Tulli, conueniam? ò diem
  Atrum, quo sine te conspiciam tuas
Aedes, hospitium modò
  Musis, & lepidis dulce sodalibus.
Sed tu, quandoquidem nequis
  Flendo Caeliculùm flectere numina, &
Fati iura resoluere,
  Intermitte grauem barbite naeniam.

Ad OLIVERIVM
Fratrem.

IAM iam seuerum rumpe silentium
  Clio, & iocosam nunc quoq; barbiton
  Clauo refigens affluentes
  Laetitia meditare versus:
Quando acriori solicitudine

Frater

Frater solutum me fore nuncias,
    Iuncta viro frugi, ac honeste
    Connubio stabili sorore.
O mî suaues fratris epistolas,
    Longo & cupitum tempore nuncium,
    Iucundior quo nullus vnquam
    Ante meas hilarauit aures.
Tandem benigni Dij pia vota, Dij
    Bonae puellae, matris & optimae
    Exaudierunt, exituq́
    Damna morae reparant secundo.
Age ergò vestes exue lugubres
    Germana dulcis, teq́ nitentibus
    Stolis amictam ostende sponso
    Ducq́ libens hilares choreas.
Audis canentes dulce puellulas?
    Audis sonora cum fide tibiam?
    Cernis faces? cernis cateruam?
    Sponsus adest, age laeta prodi.
Sponsus, beati contulerunt bona
    Cui multa diui, sanguine nobili
    Sato, cui & alma Astraea dignos
    Iam peperit, parietq́ honores.
Nunc tu quae in imo gaudia pectore
    Dilecta mater concipis? Vt preces,
    Vt gratias, vt thura ad aras

                                    Feris,

Fers , genero decorata tanto ?
Hinc frater & te quàm pote maximè
Amo merentem . tu mihi ab vnguibus
(Sic est) tenellis praebuisti
Te studio , atque animo parentem.
Per te Patronum fortior optimum
Primum quod inter munera Caelitum
Repono : per te nulla mentem
Cura mihi subijt molesta .
Nam tu paternam rem benè prouidus
Curas, tuorum & subsidio domum
Leuas laborum : idem & sorores
Dote bonis socias maritis .
Sume ergò , multis quae tibi millibus
Pro gratijs nunc carmina mittimus
Tuscis ab oris, gestiente
Laetitia modulata plectro ·
Cùm te viderer cernere, & alloqui,
Tecúmq́ eodem tempore nuptias
Ornare : sic ingens repente
Me mihi surripuit voluptas .
O si reducant ad patrios lares
Me fata quondam, & sede quiescere
Certa sinant; vt laetus ora
BENTIVOLI inspiciam,)tq́ tecum
Eius libenter colloquijs fruar
Vt me iuuabit grata suburbia

Aloysius
Bentiuolus
Iurisconsul.
Forosem-
proniensis .

Lustra-

Luſtrare vobiſcum, Metauri
  Et Virides peragrare ripas,
Collesꞯ apricos. Saepe Bromium
  Viſemus, & trans flumen agellulum;
Nunc in virenti conſidentes
  Gramine, nunc nitido in receſſu.
Tunc & Camoenam vos propius meam
  Quandoq; magnas dicere FELTRII
  Laudes IVLI exaudietis:
O Vtinam cithara, atq; plectro,
  Dignisꞯ tanto Principe verſibus.
  Laudare quiſquam ſi tamen qualet
  Digne Virum virtute clarum
  Eximia, eximioꞯ honore.
Quem Roma primis ordinibus patrum
  Spectat ſedentem, & ditibus inclytis
  Late relucentem, vi ſub axe
  Emicat Arctophilax ſereno.
Nil ille celſa mente agitat prius,
  Quàm plurimis prodeſſe clientibus
  Et maximis Sempronienſes
  Officijs cumulare ciues.
Illius & nunc auſpicijs chori
  Noſtras ouantes laetificant domos:
  Quare ille nobis hoc vel vno
  Nomine ſemper erit colendus.
Sed tu decentem pone modum meae

Cc   Nimiu

Nimis procaci Musa licentiae ;
Nam gaudio exultans recenti
Mens refugit reperire finem .

Ad NICOLAVM TALAMIVM Presbyterum -Regienfem.

NON ego, quae hofpitibus proceres dant fplen-
Eualeo tibi munera paruus   (dida magni,
Largiri, at noftro ne non donatus abires
Mufaeo, dilecte fodalis ;
Pauca haec, exiguum monimentum ingentis amoris,
Carmina dat tibi ferre Thalia :
Carmina Pierio nequicquam fparfa lepore ,
Nec verbis contexta difertis ;
Nomine at hoc vna fors non ingrata futura ,
Quòd calamo funt fcripta Gigantis .
Cuius amore, cadens caelo nix lenta quieto ,
Candidior non infidet aruis .
Hic Venetis olim cum primùm coepit in oris ,
Tam altas noftro in pectore fixit
Radices, inde vt nequeat diuellier vnquam .
Hinc eft, quàd mihi tempore nullo
Effluis ex animo, feu dulcis patria, fiue
Te Ferraria magna moratur :
Seu cum MARTELLO docto, lepidoq́; patrono
Sacra tenent te moenia Romae .
Vnd. eg poft fextum nunc te laetiſſimus annum
                                             Accipio

Francifcus
Martell Epifcop. Regienfis.

Accipio incolumem. ò mihi fauſtum
Hunc, hilaremǵ diem, tua quo exoptata videre
Contigit ora, audireǵ verba.
Iam modò te aſpiciens poſſum quoſcunq; labores,
Curasǵ obliuiſcier omnes.
Quòd ſi perpetuam hanc Superi dent eſſe benigni
Laetitiam, nihil amplius optem.
Tu verò vixdum poſita en calcaria rurſum
Irrequietis calcibus aptas,
Vt pinguem Eridanum, atq; Eſtenſia regna reuiſas,
Et patrios exinde penates.
Cui deſiderio planè dulciǵ, pinǵ
Ipſe meum haud praeponere tendam:
Nempe exorando, vt tibi mecum pluribus vnà
Hîc libeat remanere diebus.
Quin animo praecepta ſenis memoranda reuוluens
Maeonij, vt laetus venientem
Excepi, ſic te patiar non triſtis abire.
I felix ergò, atq; ſecundo
Omine; & ad ſanctas vbicunq; acceſſeris aras
Facturus pia ſacra ſacerdos:
Tunc (tua quae bonitas, Talami, eſt plurima) noſtrū
Praecipuè reminiſcere nomen.

Ad Amicum Epitaphia ſcribentem.

QVae noua te pietas cogit, quae cura, quod arctū
Amoris vrget vinculum?

Cuncta tuis paßim scriptis onerare sepulchra
   Omni carentibus sale?
Non ne eßet satius, quod nos te hortamur amanter,
   Vt tu tibi nunc conderes ·
Viuens, quae tumulo inscribi post funera velles;
   Nec posteris relinqueres
Curâ hanc? quam, mihi crede, sibi si sumere quisquâ
   Volet (quod auguror) mala
Multa, nec immeritò mordaci carmine dicet
   De te. Ergò si sapis miser,
Mitte aliena tuis scriptis turpare sepulchra
   Posthac, tibóq́ consule.

AD PHILIPPVM GERIVM Episcopum
Allisiatem.

NVnc imbre tristi, flamine nunc truci
   Iandudum inique nos Boreas premens,
   Vix Baziano rure tandem
Cogit abire minus volentes.
Sic molliori tempore amoenitas,
   Et grata iuuit temperies loci,
   Tuis videri nempe digni
Luminibus venerande GERI.
Circumuolabunt iam volucres vagae
   Impunè saepes, pratáq́, & arbores,
   Nec rete, nec viscum tenacem,
Nec celeres metuent sagittas.

                                   Magna

Magna vnde earum cum nece plurimos
  Nobis voluptas maxima per dies
  Obuenit, exercente membra
  Perlepido, ac salubri labore.
O rus apricum quàm repetam libens
  Mox te, sereni cùm aura Fauonij
  Nouos tibi inducet colores,
  Arboribusq́ comas reponet.
Sic tum beati dij quoq; sospitem
  Hîc te intuers dent mihi, candide
  Patrone, perq́ vt hanc opimam
  Planitiem comiter vagantem.
Curis solutus tum grauioribus
  Gaudebis amplae mirifico domus
  Prospectu in agros, elegantum
  Et serie, & studijs nepotum.
Nostrae nec interdum fugies rudem
  Cantum Camoenae; quae (tibi gratia)
  Dudum ccio dulci, ac honesto,
  Et placida fruitur quiete.

In IOANNEM AVSTRIACVM CAROLI V.
Imp. Aug. F.

HEROA & alto sanguine, & inclyta
  Virtute clarum, qui modò barbarùm
  Capta & fugata classe magnis
  Hesperias decorat trophaeis,

Lactanti

Laetanti & ore, & pectine concinens,
Dicam decentes principiò tibi
Rex CHRISTE laudes, qui perenne
Praesidium es, columenq́ nostri.

Tuae refertur nanq; potentiae
Accepta tanti gloria praelij:
Tuae Crucis vexilla nobis
Eximiam hanc peperere palmam.

Nam tu sacrato foedere Maximum
PIVM, & potentem fortis Iberiae
Regem PHILIPPVM, principemq́
Magnanimum Veneti Senatus

Mirè obligasti. tu ducibus bonum
Rebus gerendis consilium, & piam
Mentem, atq; dextras praeualentes,
Militibusq́ animos dedisti.

Tibi imperanti paruit illicò
Ventusq́, & aequor, cùm tremor, et metus
Inuasit hostes, tot per annos
Innumeris spolijs superbos.

Suisq́ tandem foedifragi Scythae
Docti ruinis, nos tibi sentiunt
Fuisse cordi, quem piorum
Immemorem fore cogitabant.

Tibi ergò in omni tempore debitas
Pro singulari munere gratias
Reddemus, & sacris honorem

Trac-

Praecipuum faciemus aris.
At sedibus iam cantum ab Olympÿs
Clio pudenter retrahe, lucida &
Conuexa contemplare mecum:
Quamq́ alÿs magis emicantem
Stellam notabis, AVSTRIACI decus
IOANNIS illi confer: in infimo
Hoc orbe quando ipsius aequae
Omnia sunt meritis minora.
Proindè paulùm non aberit scopo,
Excelsa laudum culmina qui petet
Tanti Ducis, quanquam arte pollens
Pindarica benè tendat arcum.
Verùm quis addat lucem Hyperioni?
Quis caelum, & omnes aetheris ambitus
Metetur? aut maris procellas
Dinumeret, Lybicasve arenas?
Nempe haec profari me decuit, tuos
Dum strictim honores carmine persequor;
Ne quando te illustrare dicar
Exiguis voluisse chartis,
O clara imago, certaq́ CAROLI
Proles, ab Yndis occiduis recens
Exorte Sol, eclipsim Eoae
Perpetuam imposture lunae:
Obtusa quae iam cornua contrahit,
Nec non tepenti sanguine turbida,

Quo caede inaudita refuso
    Ionÿ rubuere fluctus.
Ubi supremi militiae ducis
    Miré executum munera te refert
    Dispersa iam totum per orbem
    Fama, iuga exsuperans, & vndas.
Ast ipse non tam praeualidas manus,
    Et forte pectus, dulceq́ milites
    Sermonem ad arma concitantem,
    Consiliumq́, animumq́ magnum
Admiror: illudq́ facinus, pio
    Dignum te alumno Caesaris, & Dei
    Cultore. nempe quòd supernum
    Auxilium ratibus, viríuq́
Duxisti, & omni praesidio prius,
    Quodcunq; summus Remulidum Pater,
    Fratrisq́ regna, & Adrianum
    Imperium tibi contulerunt.
Praeconÿs te multimodis licet
    Vates amici Pieridum, & tuas
    Cùm pace, tùm bello enitentes
    Concelebrent sine fine dotes:
Non vlla certé sic tibi splendida
    Crines ouanti laurea vinciet,
    Vt illa, quam summé decoram
    Imposuit pietas coronam.
Haec gloriosos semper in arduis

                                                            Belli

Bellis triumphos rettulit optimo
  Quondam parenti . teſtis Albis ,
  Qui (inſolitum) vada perſequenti
Christi rebelles obtulit . ipſeq́,
  Sol teſtis, illo qui Iosvem die
  Spectans ſecundò praeliantem
  Segnior oceanum ſubiuit.
Quid ergò tanta te duce praedito
  Virtute nobis poſt modò non erit
  Sperandum ? hyems nimboſa , & Euri
  Cedite iam Zephiris ſerenis :
Sterne aequor vndas : en iuuenis Deo
  Dilectus hoſtes rurſus in impios
  Praegeſtit inuictas triremes
  Soluere Trinacrijs ab oris.
Videre lembos iam videor citos
  Cypri receptae currere nuncios ,
  Graecumq́ , & Afrum audire litus
  Chriſtiadum imperijs ſubactum :
Et quicquid omnes fatidici canunt .
  Vno ore noſtris proſpera claſſibus
  Praenunciantes ; at Selimo
  Exitium , miſeraſq́ clades .
Sic ò tuorum vota fidelium
  Exaudi Olympi rector , & annue ,
  Vt finis hoc ſpe maius omni
  Principium melior ſequatur.

                    Dd   Que

Quo vera latè religio, & tuum
   Nomen colatur, quoq́ recentibus
   Subinde palmis, atq; opimis
    Clareat AVSTRIACVS triumphis.

In diem Feſtum D. NICOLAI Myræ Epiſcopi, & Confeſſ. MDLXXI.

FESTA lux Diui NICOLAI ad aras
   En redit, mecum celebrate laeti
   Quotquot ipſius properaſtis aedem
    Viſere ſacram.
Nunc boni vos ò pueri, & puellae,
   Vos & ò Matres, iuuenes, patresq́
   Hanc piè, & purè colitis, atq; inanes
    Mittite curas.
Garrulas hîc nos cohibere linguas,
   Et vagas par eſt reuocare mentes:
   Ah leues abſint, precor, hinc ſuſurri,
    Vanaq́ verba.
Haec Dei ſummi domus eſt, honores
   Hanc dicent, odesq́ ſacrae: benignas
   Ergò nunc praebete mihi, meisq́
    Cantibus aures.
At chelys ò ne te pudeat ſonoras
   Pectine chordas ſociare, dum nos
   Ipſius Diui meditamur altas
    Dicere laudes.

Nam

Nam David vates quoq; fertur olim
  Ad lyram certis cecinisse metris
  Misticos hymnos, quibus vniuersus
    Vtitur orbis.
Sed prius quidnam referam? an parenti
  Anxio iactos loculos sub atra
  Nocte, quo natis emeret pudica
    Dote maritos?
Te te id inprimis facinus benignum
  Diua clarauit viridi iuuenta,
  Cùm ducem iam tum sequerere toto
    Pectore CHRISTVM.
Haec fuit quondam tibi prorsus vna
  Cura, de multis bene promereri,
  Ac opes sic te penitus paternas
    Fundere iuuit.
Mox tuae postquam Patarae fuisti
  Vtilis multùm, tua vt eniteret
  Latius virtus, populus Myrensis
    Numine sancto
Percitus, rerum sibi te sacrarum
  Praesidem asciuit, regimenq́ magno
  Vrbis applausu tibi denaganti
    Detulit vltro.
Iam quis ingentes numeret labores
  Pro grege exhaustos, animiq́ curas,
  Dum lupos arcens aleres tenellos
    Prouidus agnos?   Dd 2   O My-

O Myram planè nimium beatam,
　Ora dum tanti patris & magistri,
　Sanctaq́ illius documenta quondam
　　　Cernis, & audis.
At nimis versa vice nunc misellam
　Te dolens dicam, Lyciamq́, & omnes
　Proximas oras nimiùm misellas
　　　Usq; vocabo;
Donec à falso Mahomete latam
　Respuant legem, indecoresq́ ritus,
　Et piè, ac rectis animis I E S V
　　　Nomen adorent.
Magna sed Regis bonitas supernì
　Forsitan caecas miserata gentes
　Nunc eis summi dabit intueri
　　　Lumina Solis:
Quando iam nostras adeò secunda
　Aura ferit classes, Asiam petentes,
　Cultu ibi vt priscum renouet, Crucisq́ in-
　　　signia figant.
Sic Deus faxit cito, sic precemur,
　Vt bonos coeptus melior sequatur
　Exitus: sic tu Nicolae nostra
　　　Vota, precesq́
Perfer ad sanctae D a itatis aures,
　Semper & nobis faueas patronus,
　Vt tuis grati referamu aris
　　　Sacra quotannis　　　QVA-

Ad GABRIELEM PALEOTVM Card. ampliss.
ac Bononiæ primum Archiepiscopum.

QVALIS *Arctoas rediens ab Austro*
Nunc plagas grata vice Sol reuisit,
At q; humum leni recreans tepore
　　Vestit, & ornat:
Ad tuam felix reditus cathedram
Pontifex magne, exhilarat decorae
Felsinae vultus, animúq́ laeta
　　Cuncta reducit.
Sospitem nunc te pia sponsa plausu
Excipit gaudens, venerata sacrum,
Quo recens ornas humeros, monile,
　　Sanctáq́ summi
Regis elata ante oculos Trophaea:
Corde quae puro tamen ipse semper
Sculpta circunfers,humiliáq́ seruas
　　Mente reposta.
Nae tuae iuge est pietatis vnum
Hoc opus, votúmq́, iuuare caram
Optimis non tam patriam institutis,
　　Consilijsq́;
Quàm nouis semper decorare donis:
Insubrum vt pridem rediens ab oris,
Cum sacros Diuùm cineres, & ossa
　　Sacra tulisti.

　　　　　　　　　　En

En modò illustrem titulum merenti
  Addis, vt septem caput, atq; Mater
Vrbium, sacrae ditionis aucto
      Iure, vocetur.
Maximo sic GREGORIO *probante;*
  Singulas sed iam memorare longum est
Res tuas rectè, & sapienter actas,
      Laudeq, dignas.
Nostra nec tantùm tenuis Camoena
  Audet: externas neque tu libenter
Suscipis laudes, meditans beata
      Praemia caeli.
Ergò dum fausto populi frequentis
  Excitor plausu, peragente sacra
Te modò, ac dio aurea proloquente
      Verba lepore;
Me stylo incultis, numeróq, paucis
  Versibus, summè tibi gratulantis
Sit satis parua haec voluisse mentis
      Edere signa.

De Torque Ordinis TOSONI ab OCTAVIO FARNESIO
Parmæ Duce, PHILIPPI Hispaniarum Regis nomine,
FRANCISCO MARIAE FELTRIO de RVVERE Vibini Duci,
solemniter collato. Bononiae die 15. Septembris.
MDXXCV.

V RBINI DVCIS *inclyti*
      Laudes egregias, vix celeberrimus
                                    Digne

Digno dicere carmine
   'Praeco sufficeret fortis Achillei.
Ergò illis humili stylo
   Ne tu Pieri speres decus addere:
Sed tantum modò Principem
   Ut par est, venerans, quaere, quid indices
Torques circa humeros, recens
   Munus magnanimi Regis Iberiae.
Atqui fabula Iasonem
   Non hîc auriculis commemoret pijs:
Nec taurum aeripedem dolis
   Medeae domitum, raptáq; vellera.
Quin sit credere dignius,
   Signari historiam Gedeonis sacram.
Qui nunc rore madente, nunc
   Sicco vellere, magni auxilium Dei
Expertus, comitum manu
   Vel parua innumeros perdidit hostium.
Hinc & qui prior ordinem
   Tam clarum instituit, velleris aurea
Insigniuit imagine
   Delectus proceres: rebus in arduis
Diuinae ut memores opis
   Discant, non proprijs fidere viribus.
Ipsorum quoq; in omnibus
   Scintillet pietas, iustitia, & fides:
Et quo mens magis anxia
                  Aduersis

Aduersis premitur, tum magis ac magis
Virtus cedere nescia
  Erecta, atq; hilari fronte refulgeat.
En quid pectore pendulum
  Vellus, quidue micans è silice arguit
Flammarum globus vndiq;,
  Ignarum nisi me fallit opinio.
Quòd si tu quoq; id approbas,
  Hunc hymnum sinito mixtum alijs feras
Pennis fama celerrimis,
  Quocunq; ibit ouans nuncia nobilis
Pompæ, quam modò Felsinae
  Plausu, atq; omnigenis laetitiae notis
Spectauit populus frequens,
  Ac permagna virûm nobilium cohors.
Dum consanguinei Duces,
  Altae ambo Italiae fulgida lumina,
Felici vnanimes idem
  Congressu subeunt hospitium simul:
Et dum mox ab Auunculo
  Ante aras (GABRIEL purpureus Deo

Gabriel
Card. Pa-
leotus.

Praesul cùm faceret sacrum)
  Praeclara Austriaci munera Feltrius
Heros sumit, & additum
  Virtuti eximiae eximium decus.

Te

In Tranſlatione SS. Z A M A B, & F A V S T I N I A N I
primi, & ſecundi Bononiæ Epiſcoporum
celebrata die 4. Maij. M D X X C V L.

In S. ZAMAM.

TE Z A M A ſanĉte concinit
    Bononienſis Ciuitas :
      Primuḿ C H R I S T I dogmatum
Suum magiſtrum praedicat.

Tu nanq; primus horridas
    Eius tenebras diſcutis ;
      Quas impiorum daemonum
Obduxerant fallaciae.

Romanus olim Pontifex
    Te miſit huc Dionyſius,
      Praeſagiens diuinitus
Laetum laboris exitum.

Paſtore tunc te praeuio
    Ouile C H R I S T I Felſina
      Inuenit, & mox proſperè
Grex auĉtus eſt fidelium.

Deinde per tot ſecula
    Precum tuarum munere
      Cultus Dei puriſſimus
Magis magúq; floruit.

Hinc omne ſemper abſtitit
    Lethale virus haereſum :

          Ee   Tem-

Templúq̃, & arū debiti
Sunt hîc honores redditi.
Nos ergò nunc piè patrum
  Ritus sequentes optimos,
  Tuis sacratis ossibus,
  Pompam celebrem ducimus.
Hanc ò Beate poscimus,
  Vt actionem comprobes,
  Tuos nec vnquàm supplices
  Patrocinando deseras.
Te deprecante gloriae
  Rex CHRISTVS Indulgentia
  Culpas remittens, largius
  Nos muneretur gratia.
Qui gloriosus inferi
  Arcem tyranni diruens
  Caelo triumphum rettulit,
  Terrisq; pacem reddidit.

In Eundem.

ECCE qñi summo placuit sacerdos
  Caelitum Patri, vigil, atq; solers
  Crediti pastor gregis.ecce prudens
    Ille minister:
Qui domus curam benè diligentem
  Gessit, & seruos domini benignè
  Pauit. en cultor sibi destinati
    Impiger agri.   Hic

Hic micans latè veluti lucerna,
  Aureus quin Sol veluti refulgens,
  Deuias mentes h.minum tenebris
      Traxit ab imis.
Nam Dei leges populum docebat
  Verbo, & exemplo. pietas, fidesq́,
  Huic erat córdi, & sine labe sacrum
      Munus obibat.
Nempe mortalis tibi dum manebat
  Vita, te talem legimus fuisse :
  Plurima & de te monumenta patrum
      Prisca loquuntur.
Sed quis enarret, ZAMA sancte, qualis
  Nunc poli celsa residens in arce
  Fulgeas, & quem tibi Rex Olympi
      Donet honorem ?
Non eò humanae penetrare mentes
  Eualent. astò liceat precante
  Diue te nobis fragili solutis
      Corpore quondam,
 Sic te ibi laetis oculis videre,
  Vt tua hìc laetis animis reperta
  Ossa honorantes loculo, & decora
      Condimus ara.

In S. Favstinianvm.

FAVSTINIANVM *Felsinae*
　　Antistitem sanctissimum
　　Ornare sacris laudibus
Par est in omni tempore.
Hac luce verò canibus,
　　Hymnisq́ vela pandere,
　　Eius beata pignora
　　Piè colentes condecet.
Iam mille Solis circuli,
　　Centumq́ bis, vel amplius
　　Fluxere, quòd non nobili
　　Loco iacebant condita.
Metropolis at nunc dignitas,
　　Recensq́ splendor pulchrius
　　Parando conditorium,
　　Felix trophæum protulit:
Id tu videns Bononia
　　Laudes vicißim concine,
　　Puroq́ voces pectore,
　　Et signa prome gaudij.
Sed ante Regi gloriae
　　Persolue grates debitas:
　　Qui te nouorum copia
　　Ditas subinde munerum.
Eius benigno numine

Nostres

Noſtros tuente fertiles
Pax alma fines incolit .
Et aeris ſalubritas .
Non hìc doloſus improbae
  Auditur hydrae ſibilus :
  Sed orthodoxus dogmatum
  Vbique cultus emicat .
Haec tanta Diuæ commoda
  FAVSTINIANE poſcimus
  Nobis tuo ſuffragio
  Longaeua CHRISTVS annuat.
Sic deinde temporalibus
  Det rebus vti ſobriè ,
  Vt ſempiternae gloriae
  Poſt conſequamur praemia .

In SS. ZAMAM, & FAVSTINIANVM.

SAlvetе ſancti Eccleſiae
  Bononienſis Praeſules :
  Saluete Patres inclyti ,
  Et Ciuitatis lumina .
Tu ZAMA primus arduis
  CHRISTO gregem laboribus ,
  Hìc comparaſti , & pabulo
  Sacri educaſti dogmatis.
Mox latè in orbe ſaeuijt
  Extrema perſecutio ,

Cùm

Cùm grex tenellus obuius
Fuit luporum faucibus.
Sed pace terris reddita,
FAVSTINIANVS affuit,
Qui diſſipatos vndiq;
Agnos ouili rettulit.
Exinde veri Numinis
Cultum vigere Felſina
Vidit, Crucisq́ inſignia,
Et ſacra templa ſurgere.
Nos ergò veſtra nomina,
Et haec ſacrata pignora
Laude, ac honore debito
Pie colentes tollimus.
Dum ſe recens haec Metropolis
Ornare tanto munere
Praegeſtiens, eis locum
Honeſtiorem dedicat.
Sic vos, Beati, pergite
Vrbem fauore proſequi;
Benignus hinc vt omnia
Pericla CHRISTVS arceat.
Nos charitatis mutuae,
Pacisq; nexu colliget:
Det puritatem cordium,
Det ſanitatem corporum.

Qui mortis atrae vinculis
Virtute fractis propria,
Victor resurgens imperat
Cum sempiterna gloria.

In Translatione corporis S. GAVDENTII
Ariminensis Episcopi,
& Martyris,
Celebrata die 3. Aug. M D X C IIII.
In oppido Montis Bodij Diœc.
Senogallien.

IN *hoc triumpho Martyris,*
  Et Praesulis GAVDENTII,
  Nil triste mentes cogitent,
  Nemo sit expers gaudij.
Laetanti & ore, & pectore
  Nunc sexus, ac aetas simul,
  Et omnis ordo Ciuium
  Hymnos vicissim concinant.
Colles aprici, & fertiles
  Campi, marisq̃, & amnium
  Laetentur vndae, & litora
  Pijs resultent cantibus.
GAVDENTII *dulcissimum*
  Nomen subinde proferat,
  Qui nescit eius inclytas
  Laudes diserte proloqui.

                              Nanq;

Nanq; ipfe Caeli è fedibus
　Noftras libenter audiet
　Voces, preccisq́ Gloriae
　Regi benignus offeret.
Sic te rogamus, optime
　GAVDENTI, vt agro, & Oppido,
　Ne quâ hoftis obfit improbus,
　Patronus adfis fedulus.
Qualem facrorum dogmatum
　Te vidit olim vindicem
　Ariminenfis Ciuitas,
　Mundusq́ totus audijt.
Mendofa quando, & impia
　Scripta execrando pefsimi
　Coetus, facrata difcidit
　Manus timere nefcia.
Vnde Arrianus te furor
　Neci cruentae dedidit:
　Sed CHRISTVS in caeleftia
　Mox regna ouantem fuftulit.
O CHRISTE quàm magnis tuos
　Ornas trophaeis milites,
　Clarans in orbe nomina,
　Et iam fepulta corpora.
Sed illa, quae fublimibus
　Parafti in aulis praemia,
　Mens debilis mortalium

　　　　　　　　Nec

Nec cogitando percipit.
Nos ergò sancta pignora
  Efferre pompa nobili,
  Et haec iuuet solennia
  Piè, ac decenter exequi.
Vt Rex supernus Martyrum
  Gaudentibus GAVDENTII
  Sacro Triumpho, gaudys
  Det sempiternis perfrui.

Ex D. GREGORIO NAZIANZENO.
De Vitæ vanitate, communiq́; omnium fine.

QVis mihi det celeres Aquilæ, vel hirûdinis alas,
  Vt auolem ex mortalium
  Coetibus, ac deserta vager per lustra ferarû,
Ibiq́ contubernio
Illarum assuescam? quas iam mortalibus ipsis
  Fideliores autumo.
Nanq; ita fors possim leuius traducere vitam,
  Tot hîc refertam fraudibus.
Sed tamen hoc vnum, generi haud commune serino,
  Exors mihi dari velim:
Nempe Dei gnaram mentem, & caelestia semper
  Curantem, omißis perditi
Illecebris secli, ac abrupta compede saeua
  Immanis Orci principis.

Ff   Sin

Sin minus effugere hinc liceat , nec me esse malorum
    Rex Caelitum : expertem annuat :
At cuperem aeriam in speculam conscendere, Vt orbis
    Me posset omnis cernere :
Ac etiam exaudire procul, dum talia voce
    Saepe intonarem maxima .
Mortales homines, fluxum genus, atq; caducum,
    Quousq; tandem somnijs
Delusi falsis, leuia & ludicra sequendo,
    Summum relinquetis bonum ?
Inspicite ò miseri, cuncta vt sub Sole creata
    Sint morti, & Vmbris debita .
En viridi hic nuper gaudebat flore iuuentae,
    Membrisq́ robustissimus .
Hic forma egregia , & praestanti corpore dudum
    Vertebat in sese omnium
Lumina, v: ante diem cunctis formosior astris
    Coelo renidet Lucifer .
Martia hic arma manu forti tractabat, honore
    Inclebat hic Olympico .
Optima hic agitare feras, & vincere cursu
    Damas, & apros viribus,
Hic mensas vino, dapibusq́ grauabat opimis,
    Et terra, & aere, & mari
Ingluuiem explebat. Sed contemplamini, vt omnes
    Morti obnoxij & infirmi sient.

Corpo-

Corporis exceßit decor, & subeunte senecta
Defloruerunt omnia.
Languent effoetae vires, ventrisq́, gulaeq́, |
Omnis voluptas occidit.
Nil propè adhuc retinet hominis, similesq́ sepulchris
Ducunt anhelum spiritum.
Rursus & huc acies, ac sanam aduertite mentem,
Et vera falsis cernite.
Hic sermone potens est. hic insignis auorum
Alto superbit sanguine.
Consilio valet hic. naturae hic omnia nouit
Arcana. hic est dux maximis
Strenuus in bellis. hic opes sibi condidit amplas,
Talentaq́, auri plurima.
Hic rigido torquet populos examine iudex.
Ostro hic nitens, & laurea
Sic tumet, vt regem ipsum paruipendat Olympi.
Veruntamen iam omnes breui
Momento exiguum in cinerem vertentur, et omnes
Aequabit vnca falce mors.
Seruos, & dominos, inopes, opibusq́ potentes
Vnae tenebrae, vna & domus
Excipiet cunctos, quanuis sibi marmore priua
Sepulchra viuentes struant,
Ac titulos frustrà scalpant, & nomina saxis;
Nanq; aequa lanx omnes manet.

Ff 2 *Et*

Et iam iam nudatae erimus caluae, aridaq́, oſſa .
　　Iam deſinet ſuperbia ,
Pauperies, morbi, rixaeq́, ac triſtia bella ,　·
　　Et efferae libidines .
Omnia corporea ſimul haec cum mole peribunt ,
　　Donec ſub horrendum tubae
Clangorem rurſus iuſſi conſurgere, magnum
　　Siſtamur ante iudicem .
Cuius ad imperium poena malè facta peremni
　　Flectentur ; at pij optima
Praemia percipient, ac tuta pace fruentur
　　Celſis locati in ſedibus .
Proinde meis dictis praebete fidelibus aures ,
　　Grauem & veternum pellite .
Eia agite & mundum fugite, & quaecunq; doloſus
　　Fomenta ſerpens ſuggerit .
Et genus, & firmam, & faſces, & opes inſidas ,
　　Vt ſtercora arbitramini .
In Caelumq́ oculos, animumq́ attollite, verae
　　Vbi ſunt opes, & gaudia :
Quae non tempus edax, non vlla iniuria tentat
　　Mutare . nanq; ibi Deus
Verax illa pijs animis bona tanta parauit ,
　　Quae nec oculus vidit, neq;
Auris percepit, nec item mortalia poſſunt
　　Corda meditando aſſequi .

QVIS

Ex eodem.
De Vitæ itineribus, & imbecillitate.

QVIS *sum? vel vnde veni in hanc miserrimã*
Lucem? ast vbi insatiabilis terrae sinus
Me acceperit, quis rursus atro è puluere
Ero resurgens? num Deus me maximus
Seruabit, in tutißimum portum serens?
Multas quidem vita haec fragilis habet vias,
Et quenq; diuersae obruunt angustiae.
Nec vllum hominibus sine malo accidit bonum:
Vtinamq́ maiorem malum non occupet
Partem. Hìc opes sunt infideles, hìc honos
Est vmbra prorsus, atq; larua insomnij.
Parere, durus est labor. mendicitas,
Compes grauis. formae autem abit nitens decor,
Vt fulgur. ac perexigua mortalium est
Gratia, velut florum, ocyu:q́ deficit.
Iuuenta verò aetatis est feruor breuis,
Senecta, vitae permolestus exitus.
Pompa eloquentiae celerrimè fluit.
Gloriáq́, , fastuśq́, , tumidusq́ sanguinis
Splendor vetusti, sunt propè instar vellerum,
Quae Scis illicò attenuat ardens iubar:
Itémq́, robur, hispidi quamuis apri.
Iniuria est, & contumax opulentia.
Vinclum tenax sunt nuptiae. deinde soboles,

Cura

Cura est necessaria, molestia orbitas.
Occasionem Curiae frequentia
Praebet malorum : at otium est infirmitas.
Tractare sellularias artes pudet.
Panis alienus mixtus est sudoribus,
Et colere terras, est inexhaustus labor.
Pars nauigarum maior vndis mergitur.
Est pene carcer patria, & vagarier
Modò huc, modò illuc, liberum haud sanè decet.
Sic cuncta demùm hîc sunt labos, & omnia
Risus, cinis, visum, vmbra, ros, flatus, vapor,
Insomnium, vnda, fluxus, & vestigium
Nauis, per aequor quam Noti fert impetus,
Aut aliis liquidum secantis aerá
Praepetibus alis. Estq́ vita circulus
Semper volubilis, eadem semper rotans
Iugi vicissitudine : dies scilicet,
Noctes, labores, funera, aegritudines,
Curas, dolores, commoda, atq; incommoda,
Casusq́ nunc contrarios, nunc prosperos.
At hoc bone deus optimum sapientiae
Tuae fuit consilium, vt inconstantia
Hîc omnia ferent, & caduca; vt nos amor
Caelestium teneret, ac tolleret humo.
Mentis equidem pennis diu vetera, & noua
Omnia peragrando, nihil imbecillius
Homine esse comperi, nec aliud hîc bonum,

Fir:

Firmumá, miferis accidere mortalibus,
Quàm extollere Crucem, & continenter lacrymis
Vacare ; mens vt purior caeleftia
Meditetur , ac totam Dei fe cultui
Dedat, foluta corporis tyrannide.
Nam carnis vbi retunditur fuperbia,
Exaltat animus, ac magis in illo viget
Imago, quam fortitus eft diuinitus.
Hoc ergò noftrum fit opus, hanc & viuere
Vitam eligamus, refpuentes noxius
Quaecunq; mundus pollicetur gaudia.
Contraq, pro fupernae amore patriae,
Onera hic libenter perferamus omnia.

LATINI LATINII, Ad CAMILLVM PALÆOTVM.

CAMILLE PALEOTE Felfinae decus.
Nunc Tullianae compar eloquentiae,
Lumená, noftri feculi clarè nitens:
Vetus fodalis, ac fenex LATINIVS
Silentium diutius negat tuum
Perferre poffe, & maximum putat nefas ;
Cùm vel breues hinc inde miffae epiftolæ
Leuare poffint faepe defeffos graui
Labore ftudiorum, atq; publicae rei.
Redire nunc te ad priftinum morem rogat:
Decumbo nanq; femper, & crurum tenus
Vigore prorfus captus adeò debilis,

Vt

Vt ſi bacilli firmioris robore
Firmetur etiam, corruat gradus tamen,
Opemáq́ fixo debeat repagulo.
Status LATINI eſt talis, haec conditio
Poſt deuolutos octies cyclos decem
Solis. caligat oculus, at ſcribo tamen,
In noĉte quicquid mens abortu fuderit.
Scribe ergò, ſi me diligis, tu quoq́; Vale.

Ad Eundem, ANTONII GIGANTIS.

DEcvmbit æger artubus LATINIVS,
   Grandi & ſenectae prægrauatus ſarcina:
   Sed non dolori languidus, nec taedio
Sucumbit ingeni vigor: quo firmius
Innixus ille, quàm bacilli robore,
Aut ſeruulorum bracthijs valentibus,
Sacros ſubinde Apollinis viſit choros,
Ac nota peragrat Pindi, & Heliconis iuga:
Libethrae & vndas affluenter hauriens,
Vel mox amicis lectulo aſſidentibus,
Vel diſſitis longè bonis ſodalibus
Propinat eleganter: Vt nunc obtigit
Tibi CAMILLE Paleote Felſinae
Decus, bonarum magne cultor artium.
Te quando nectare vndiqʒ, & leporibus
Mananté compellauit ille carmine
Senex diſertus, aurei index ſeculi.

Quod

Quod ipse ter quaterq́ legi, & amplius
Legendo, plus delectat. Ergò te optime
Patrone deprecor per omnes Gratias,
Tuis vt illum candidis Epiſtolis
Crebrò laceſſas, quò Cycni tam nobilis
Crebrò viciſsim recreemur cantibus.

Ad THOMAM NALDIVM

Fauentinum.

NALDI Pieridum cura, & amor chori,
   Quî nam te iuuenem viribus ingeni,
   Et membris validum praeuiridantibus,
Auſim iam ſenior debilis inſequi
Scandentem iuga Pindi, aut Heliconios
Montes? quin potius me decet infimis
Ignotum, ac reſidem degere vallibus,
Et ſurdis numeros arboribus rudes
Interdum querula ſpargere fiſtula.
Tu verò celeri perge viam pede,
Optatam valeas tangere vt ocyus
Metam, & laureola cingere tempora;
Quam ſi praecipuis propitiae bonis
Fortunae anteferes, nae tibi gloriam
Longo diminui tempore neſciam,
Et certum ſenij praeſidium, ac decus,
Praecana iuuenis mente paraueris.

Gg   ANTO-

ANTONII GIGANTIS
FOROSEMPRONIENSIS
CARMINA HENDECASYLLABA.

Ad OLIVERIVM Fratrem.

RATER *Musam mea diuroganti*
Dic, quo Pieridum choros amore
Amens, & quo studio placere nitar
Praesertim tibi, sedulo beatos
Dum te VIRGILII sequor per hortos,
Aut tecum per amoena rura FLAC- (C)

Vagor, perq́ rosarium CATVLLI:
Seu leuem arboribus cenam niuali
Decutit Boreas, seu agris virentes
Herbas veri Fauonius reducit.
Seu flauam Cererem terunt coloni,
Seu rubrum pedibus premunt Lyaeum.
Quin illi numeros Thalia perfer,
Quos lusi vacuus Bisenti ad vndas,
Dum per regna equitares ipse Ibera,
Atq́ auri biberet Tagum feracem:
Vt saltem hinc tibi sit fides habenda,
Vtq́ ille hinc animum laboriosis
Curis implicitum leuare possit.
Si nostros tamen hoc honore Phoebus

Dignae

Dignat versiculos, queant &atras
Menti felicitae leuare curas.

Ad PETRVM ANGELIVM BARGAEVM. Pisas.

FRANCISCVS tibi *Varus* has tabellas
Vatum maxime perferet, qui *Athenas*
Nunc vestras proficiscitur nouellus
Tyro, & nomine se hoc putat beatum,
Isthic copia quòd tui videndi
Fiet: quippe tuum celebre nomen
Toto pectore diligit, colitq́.
Hoc nec mihi amicior, nec vllus
Est hic carior: illiusq́, molle
Cumprimum ingenium, & pereleganter
Mores inspicies, amabis aeque
Ac doctos iuuenes soles, probosq́.
Te tantùm excipias eum benigne,
Vtmos est tuus, obsecramus: ipse
Mox viam inueniet suo lepore,
Qua tuam sibi gratiam aucupetur.
Me pridem tibi deditum esse nosti,
Nec longissima tempora, aut locorum
Interualla animum meum nouare
Tantillum poterunt, tibi nec vnquam
Observantia nostra defutura est.
Nos Trati quid agamus, ipse *VARVS*
Abundè referet. vale vna omnes,

Patro-

Patronus viridi viget senecta,
Tui semper amans, memorq́; semper,
Et mecum tibi plurimam salutem.

Ad FRANCISCVM VARVM.

DVDVM, VARE, *taces, meosq́; dudum*
Congressus fugis, & meam Thaliam.
   Si culpa accidit id mea, molestum:
Sin minus, tamen est mihi molestum.
Nam quocunq; modo carere dulci
Cogar alloquio tuo, & lepore,
Est aeque, mihi crede, permolestum.
Sed hoc nempe molestius futurum est,
Si causam retices tui silenti.
Quòd si pergis adhuc tacere, longe
Molestissimum erit molestiarum.

M. TVLLII BEROI, Ad ANTONIVM GIGANTEM.

GIGAS *optime, & optimi Patroni*
  Ocelle, Aonidumq́; amor sororum:
   Non possum amplius hos tibi pusillos,
Quos diuo cecini PETRONIO hymnos
Debere. hos etenim tibi petenti
Promissos, poteras mihi moranti
Iam condicere iure non iniquo.
Bonum nomen amo & haberi, & esse:

                          Tu,

Tu, quod soluo bona fide, memento
Acceptum facere in tuis tabellis.

Ad MARCVM TVLLIVM BEROVM.

TVos accipiens, diserte TVLLI,
   Versus Pierio vndiq́, affluentes
   Lepore, haud ego rettuli in tabellas
Quo iubes animo, arguant vt vllum
Te nomen soluisse; sed perenni
Vt sint indicio tui in me amoris,
Nec non perspicuæ benignitatis.
Pro qua nostra tibi Thalia grates
Dicit innumeras, & has viciſsim
Audet mittere paginas legendas:
Quæ saltem auriculis tuis ob vnam
Hanc cauſsam minus accident molestae,
Quòd laudes celebrant mei patroni.

Ad GVLIELMVM DONDINVM Bononien. Raguſij.

NVNC desiderium vales, & acrem
   Tibi explere sitim satis superq́
   Studendi, bone GVLIELME. ceſsent
Iam tristes querimoniae: à mihi vnquam
Det tantum Deus otij, & quietis,
Vt quandoq; animum bonis libellis
Defeſsum nimio labore, & atris

                 Curis

Curis implicitum queam leuare?
Librorum tibi copia haud pusilla
Parta est, parta quies, labor recessit
Omnis, & locus ocium ipse, & ipse
Longum spondet herus : iam iter secundis
Capesce ominibus diu cupitum.
Fies, spero, breui optime peritus
Legum : non tibi parum, inelegans ve
DONDINE ingenium est : breuiq́ disces
Aequè ac qui Pataui, Bononiae ve
Annos contereret decem studendo.
At nos interea ocijs fruemur
Iisdem, sed studio impari, minusq́
Seuero. me etenim iuuat Maronis
Carmen doctiloqui, iuuatq́ Flacci.
Interdum quoque peruagari amoenos
Colles Aonios iuuat, chorosq́
Musarum, & placidas adire sedes.

Ad BERNARDVM LVPVM. Ragusij.

IBIS Italiam reuisum, & almam
Iucundissime mi sodalis Vrbem.
Regem Caelicolum precor, simulq́
Omnes Caelicolas, tibi vt fauentes
Semper sint, & vbiq; siue magni
Secas nauibus aequoris procellas,
Siue iter facis essedis, equoue.

Cùm

Cùm verò Tyberim sacrum bibes, &
Amœnas latij tenebis oras:
Cauete, LVPE, ne tui Gigantis
Reddas te immemorem, sodaliumq́;:
Quorum tu ex animo, ac tenaci amore
Vix labi poteris die supremo.

Ad BALTHASAREM FINIVM.

FINI, quem sories breuis dierum
  Vinclo amicitiae mihi perenni
  Iunxit: quàm modò te libenter optem
Adire, ac lepidae tuae camoenae
Ad dulces numeros meum excitare
Pridem nescio quo graui veterno
Torpescentem animum, nihiĺq́; pridem
Curantem citharae sides sonorae,
Et molle alloquium bonae Thaliae.
Sed me tristis hyems vetat niuosas
Per Alpes equitare, blandi amicum
Veris, & Zephyri tepentis aurae.
Tu verò mihi fer, precor, vel absens
Opem, & languidulae medere menti,
Non herbis, neq́; pharmacis; sed illa
Mira Apollinis arte, qua sepulti
Manes ad superas vocantur auras;
Nempé carminibus tuis politis.
Quae CELLESIVS, optimus tuarum

Vir-

Virtutum speculator, ore pleno
Collaudat, meritoǵ ad astra tollit.
Atqui illi hinc mage cogor inuidere,
Quòd praesens fruitur tuo lepore,
Et sermone diserto, & eleganti.
Me solor tamen, ac vtrumq; vestrum
Interdum memorem mei futurum
Spero: quin etiam (vt boni, atq; comes
Esis) colloquijs me adesse vestris
Fors optabitis. ò ne inanis ipsum
Spes ludat, prohibete: sic benigni
Vobis omnia vota dij secundent,
Et Phoebus facilis vocatus adsit.

POENITENTIS Carmen.

IAM risi, & cecini, satis superǵ
Indulgens genio, ocioǵ inerti:
Nunc tempus misere fleo peractum;
Tempus quod spatio haud breui dierum,
Sed multos malé perdidi per annos.
Namq; ex quo didici bonum, malumǵ,
Nil vnquàm nisi praua perpetraui
Aut facto, aut animo, aut nocente lingua.
Eheu quid volui mihi misello?
En quò tempora floridae iuuentae
Contuli, en melior quò abinit aetas;
En mihi modò quos refert amaros

Fru-

Fructus segnitia, & leuis voluptas.
Tu verò omnipotens Deus benigne,
Cuius est proprium, suas fatenti
Noxas parcere, sume poenitentis
Hoc rei indicium, meisq́ sacrum
Admisce lacrymis tuum cruorem,
Illas qui faciat valentiores
Ad sordes animae meae luendas.
Ac ne tot maculis onusta foedis
Laedat mox oculos tuos decoros,
Fac eam tui amore sic calere
Clementißime IESV, vt omnia illi
Prae te gaudia sordeant, & Vni
Obnixé studeat tibi placere.

Ad LVDOVICVM VILLANIVM.

QVID ò Pieridum nouelle cultor
Vis tibi, numeris tuis ad astra
Me tollens minimum omnium poetam?
Num ranam philomenae, et obstrepentem
Anserem aequiparas cycnis canoris?
Agnosco tamen, approboq́ mentem,
Quam praefers cupidam viros colendi;
Digné qui sacra Apollinis ministrant.
Quos ego & veneror libens, honore
Et omni reor esse prosequendos.
Versus caetera mî tuos fuisse

Hh   Per-

Pergratos bone LVDOVICE credas,
Quòd sint & lepidi & perelegantes.
Quare te magis hinc amo, tibíq́;
Grator moribus hoc tuis venustis
Additum decus, in diesq́; tantum
Augeri cupio, vt tuae Camœnae
Cantu non modò gaudeant Bisenti
Nymphae, sed quoq́; Flora, et Arnus illâ,
Tota & Tuscia laudet, ac celebret.

Ad IOANNEM CVRTERIVM GALLVM
Virum doctiss.

CVrteri optime, amabilis, diserte,
  Ergò Pieridum te amore captum
  Fateris? neq; quas virente quondā
Amplexus fueris semel iuuenta,
Iam canum quoq; dispudet fouere?
Nimirum iste animus mihi probatur
Tuus, teq́; etiam hinc magis magisq́;
Amo: cum tamen ante plurimarum
Virtutum merito, atq; comitatis,
Et docti alloquij tui lepore
Tractus; quàm pote maximè te amarem.
Quin nostri vt tibi pectoris recludam
Sensus, & fidei id tuae rependam;
Et me nescio quam nouem sororum,
Vel quandam magis (vt reor) sacrati

Ipsa

Ipsarum famulam chori, iuuabas
Olim deperijsse: quae per imos
Me colles Heliconis euagari
Interdum, & liquidas sinebat vndas
Summis Castalij attigisse labris.
Sed tristes alio cor inquietum
Iampridem reuocant, premuntq́ curae.
Tum me segnities, malusq́ torpor,
Quàm truncos hedera, arctius reuinxit:
Vt lentos nequeam mouere gressus,
Nec viam reperire, qua priores
Illius repetam libens amores.
Neminem tamen inuidis ocellis
Prospecto, celeri pede, ac secundis
Scandentem ominibus iugum beatum
Parnassi, & viridi comas corona
Cingentem inter Apollinis sodales.
Quin plane meritos eis honores,
Sicut nunc tibi, gratulor, IOANNES.
Tantùm in desidiae meae leuamen
Magno te studio rogo, suaues
Cantus eximiae tuae Camoenae
Meas ne prohibe venire ad aures.

MARINO BENVENVTO CINGVLANO,
Annum agenti LXXIIII.
ANT. GIGAS Annos natus LV.

SENI iam senior Gigas MARINO
　Nouo carmine plurimam salutem
　Dicit. quippe nouum libet vocare
Carmen, quod residi, ac diu silenti
Dictanti calamo recens Thalia.
Sic & vere nouo nouos solemus
Flores dicere, & arborum nouellas
Frondes, queis hyeme, ac gelu soluto
Iam tandem reuirescit alma Tellus.
Huius tu facie noua, & colore
Distincta vario, Nouam colendo
Villam, non oculos modo, atq; sensus
Oblectas, per agros vagans apricos,
Vel per roscida prata, vt est tuus mos,
Herbas inde legens, & hinc salubres:
Sed mentem quoq; recreas, alisq́,
Illum dum meditare, cuius ista
Surgunt imperio: vndiq́, & peramplam
Rebus materiam elicis pusillis,
Qua grates referas Deo, atq; laudes.
Paruoq́, e silice excutis micantem
Scintillam, vnde magis cor incalescat,
Ac caelestia purius penetres.

Villanous,
kui Geza
dinorum.

　　　　　　　　　　　　　　Haec

Haec curae tibi semper esse noui,
Huc & omnia, quae vides, legisvé,
Refers ingenio piè sagaci.
Hac te de sophia oppidò beata
Re, verbisá, subinde differentem
Ipse audire libenter assuetus,
Per calles populo minus frequentes
Dum comes comitem sequor fidelem,
Immo vt discipulus bonum magistrum,
Vel vt filius optimum parentem,
Aegrè iam triduum fero te abesse.
Quin desiderio tui recessum
Istum iam tibi cogor inuidere:
Moraeá, impatiens te adire gestit
In horas animus; sibiá, demum
Satis si faciet, tuo lepori
Verè comperies inesse vires,
Quales creditus est habere magnes
Ignotus, nisi fortè fabulosus:
Mirandis siquidem modis ab illo
Mortalem perhibent trahi, ac teneri.
Hoc tamen tua BENVENVTE virtus
Longè maior erit, va'entiorá;
Quòd breui spatio haud homuncionem
Distantem, sed ab vrbe ter, quatervé
Passus mille procul trahet Gigantem.
   Bononiae. MDXC. Apr.

Albertus
Magnus li-
2. cap 6 de
Mineralib.

SVM-

Ad Ioannem Andream Caligarium
Britonori Episcopum,
Clementis VII. Pont. Max. à Secretis.

Summi *Pontificis negocioso*
Ministro auriculas leui morari
Pagella, graue crimen esse ducens,
Iampridem calamum silere iussi.
Magna nunc igitur, Patrone dulcis,
De re scribere me tibi putato?
Quando ipsam quoq; desidem Camoenā,
Torpentemq́, diū stylum excitauit.
Quin magna est adeò (vt mihi videtur)
Tanti & ponderis, vi subinde pressi
Renes, atque humeri gemant Gigantis.
Nam centum mihi pensio aureorum
Sixti lege onus addidit molestum,
Veste incedere non prius sueto
Talari: tunica licet Marinum
Nostrum, pileolóq́, pallióq́
Libens sponté mea antea æmularer.
Si barba, & studio id minus valebam.
Nunc ægrè duodena lustra fractis
Portans viribus, ægrius grauantem
Hanc circunfero sarcinam coactus.
Seu quandoque viam ire per lutosam,
Siue puluere sordidam necesse est,

Marinus
Beuuenut°

(Non

(Non enim leuiter iuuat per Vrbem
Vagari, hoc onere implicante greſſus)
Eheu quàm male poſt domum reuerſo,
Heu quantum eſt mihi taedij, ac laboris :
Cui nec feruulus eſt, nec illa forfex
Arridet celebris TRIPHONIANA.
Sed ne incommoda longius querendo
Noſtra, ſim tibi forte permoleſtus :
Te quantum pote maxime rogamus,
Vt nobis aliquâ feras leuamen :
CLEMENTEMq́, prece optimum fatiges,
Supplici hanc veniam annuat benignus ;
Priore vt liceat reſumpto amictu
Expedire minus laboriosé
Aeui quod ſupereſt iter ſupremum.
Idſi FIAT, ero deinde verè
Exultans veluti gigas, & ipſum
Hinc debere magis tibi fatebor,
Quàm ſi cum titulo mihi decoro
Impetres reditus duplo auctiores.

Triphon
Bencius Aſ
fias tonde
bat ſibi veſ
ſtes lutoſas

Ad Eundem.

SI centum mihi linguae, & ora centum
Sint, dignas nequeam, Patrone, grates
Tibi dicere ; tantum abeſt, vt vnquam
Potis ſim meritis pares referre.
Nam ſi pluribus antea teneri

Ipſum

Ipsum nominibus tibi fatebar;
Nempe quòd lepida allocutione
Dignares, & epistolis disertis,
Nec non hospitio pereleganti:
Adde & munera, queis meum subinde
Musaeum decoras, vel vsque ab Istro,
Longinquisvè alijs petita ab oris:
Quid censes modò me, stylo silente,
Tecum corde loqui, intimóq sensu,
Cùm tantum mihi gaudij pararis,
Quin me, vt verius eloquar, bearis?
Per te nanq; meas preces Camoenae
Maximus Pater audijt benignè;
Quo nihil poterat magis cupitum
Nobis, vel magis obuenire gratum.
Vnde me tibi vinculo obligasti
Tam firmo, vt nequeat die supremo
Potenti Lachesis manu resolui.
Sed plures numero deinde versus,
(Vellem dicere posse cultiores)
Ni frustra id mihi Musa pollicetur,
Grati pectoris indices te adibunt.

Ad Eundem.

NVPER versiculos fide obligatos
Bona, iure quidem optimo reposcis,
Praesul optime, & acribus subinde
Spon-

Sponsorem stimulas pigrum libellis :
Cùm prorsus nihil hiscere ipse contra
Ausim . quin ea, quae penes seuerum
Iudicem quoq; forsitan valerent ,
Minus profero : nempe iam labantis
Aequè ac corporis, ingeni senectam :
Eiusdem & steriles , velut malarum
Prouentus segetum; sed haec omitto ,
Ne tuae videar benignitati
Parum fidere, dum pudenter abs te
Tardae oro veniam solutionis .
Verùm ne tibi me moras dolosè
Nectendo imposuisse suspiceris ,
Et nil iam fore carminis daturum:
Paucos interea arrhabonis instar
Hos sume hendecasyllabos, aprico
Quos in colle Arientis exaraui :
Caeli temperies vbi salubris ,
Et ruris varius lepos amoeni
Tam bellè rabidi ab Leonis aestu
Corpus incolume hactenus tuentur ;
Quàm doctè PALEOTIVS diserto
Sermone, & numeris valentiore
Doricis, animum mihi serenat. '
Sed gratißimus ille vtrique nostrûm
Sermo saepe recurrit, aureos qui
Mores, ingeniumǫ́ , caeterasǫ́

Camillus
Paleotus
Senator.

Ii   Virtu-

Virtutes CALIGARII *recenset.*
Cuius obsequijs, vt ante semper,
Addicti ex animo, manus sacratas
Nunc ambo reuerenter osculamur.

CAMILLI BALDII Ad ANTONIVM GIGANTEM Viruin suauiss.

ANTONI *pater eruditionum,*
   Et quondam pater omnium leporum,
     Musarum omnium, & elegantiarum:
Canis cum senibus probus, grauiúq́,
Idem inter iuuenes senex venustus.
Nunc non amplius. Hæc fuere quondam,
Cùm gratus tibi erat tuus CAMILLVS,
Quem tu plus oculis tuis amabas,
Amaríq́ etiam ille se putabat,
Vt pulchras iuuenes amant puellas,
Amabatq́ etiam ille te vicissim,
Vt pulchræ iuuenes amant puellæ.
Verùm tu modò pessimè abscidisti
Omnes candiduli moras amoris:
Cum primùm es meditatus ominosam
Fugam. tu hinc tacitus pedem abstulisti?
Num quid me Hercule te pudet, pigetq́?
Fatere obsecro. Quid? pudet fateri?
Tu hinc discedere nescius volebas,
Quò nulla, minimauè derelictum

Con-

Consolarier allocutione
Cogerere hominem, tuumq́ amicum.
Credebas me, homo belle, cogniturum
Non esse insidias tuas? sed erras:
Omnes certè inhias vorare ficus,
Et omnes pepones vorare solus,
Sed erras: venio, voloq́ partes
Meas; sin minus, euocabo musas,
Quae te more Lycambis impotenti
Proscindent malè deprecatione.
Deuotus malè versibus petitus
Flebis, ast ego risero vicissim.

Ad CAMILLVM BALDIVM
virum doctiss. suauissimumq́.

ERGO candide, dulcis, ac diserte
BALDI, tam leuis illicò mouere
Quiuit suspicio grauem, & quietam
Mentem? qualem ego vos sophos habere
Olim credideram, & supra esse curas,
Affectusq́ humiles homunculorum.
Nunc sentire aliter tuum coegit
Me carmen, lepidum illud, ac venustum,
Sed nimis stomacho obsequens, gulaeq́,
Ficus, & pepones ligurienti.
Pro qua nec metuit bono sodali
Iras Pieridum, ac truces Lycambis

Ii 2   Exitus

Exitus etiam male ominari.
Haeccine ergo erit illa Temperantis
Virtus, quam è cathedris ad astra ferre
Verbis sesquipedalibus soletis?
Iustas praeterea adderem querelas
Laesi non leuiter boniq́, & aequi;
Dum tam praecipiti simul tabella
Absentem insimulas, reumq́ damnas.
Sed stylum iubeo esse continentem,
Tuum quando fuisse temperatum
Nego; ne videar pari referre
Par, quod te quoq; mordeat vicissim:
Cùm versus cupiam meos vocari
Liberas potius iocationes,
Quàm dicteria mordicus regesta.

Ad LIVIVM LIELMETIVM Patauinum
Sodalitatis Diui GEORGII ab ALGA
Canonicum.

MVLTO cellula cui penu referta est,
LIELMETI, Vt tibi, semper ille mensas
Quit lautas in Apolline apparare.
At secus mihi sentio euenire,
Cui & cellula inanis est, & arca.
Nam pridem mea nil recens Thalia
Condidit, studijs bonis omissis:
Nec si id gestiat, ocij, & quietis

Nunc

Nunc tantum superest moranti in Vrbe,
Vt concepta queat stylo referre.
Non quòd vsqueadeò negociorum
Mole hic, me querar obrui molesta,
Expertem penitus negociorum:
Sed quòd Curia viuere absq; curis
Non sinat, neq; liberè ociari.
Ni velim omnia (si tamen daretur)
Vitans officia, & sodalitates,
Sermonesq́ hominum elegantiorum,
Rustici, ac tetrici subire nomen,
Aut si his est aliud mage odiosum.
Hinc fit, vt nequeam nisi obsoletos,
Et paucos numero, tibi legendos
Versus mittere, ne tuos rogatu,
LIVI candide, negligi putares;
Qui vt Regis mihi iussa praepotentis
Sunt, vt ante fuere, eruntq; semper.
Nos verò aurea pro rigente ferro
Abs te munera poscimus vicissim.
Nempe carmina, melle dulciora
Hybleo, tibi quae velut perenni
Fonte, doctiloquo fluunt ab ore.

In obitu Io. LEONARDI vulgò dicti il LETTERATO.

VIDIT maxima Roma LITERATVM
Ignarum penitus scientiarum.

Eum-

Euindemq́, diu omnium indigentem
Mirata eſt, ſtudio, ac paterno amore
Plus minus pueros cibaſſe centum.
Poſtremò ſtupuit, iacens cadauer,
Quod viuens erat horridum, ac lutoſum,
Multorum labijs piè oſculari.
Haec hoſpes quoq; curioſe, par eſt,
Commentariolis tuis reponas.

Epitaphium eiuſdem. in Eccleſia
Confraternitatis Mortis.

CORPORI hîc requiem laborioſo
Repperit rudis ille LITERATVS,
Vir vitae integer, ac paternae egenos
Notus in pueros benignitatis.

Obijt anno Chriſti MDXCV. die xv. Feb.

Ad IVLIANVM CORBELLIVM Iuriſcons.
Ex libero Oppido Pennarum S. MARINI,
Octuagenarium.

CAVSAM, quam toties mei ſilenti
Audiſti, bone IVLIANE, eandem
Puta menſibus his tribus fuiſſe.
Ex quo nempe tuas ego tabellas
Accepi, gelidis datas diebus
Brumae, at non gelido ſtylo exaratas,
Nec longo ſenio labante dextra,

Eaſdem

Eafdem fiquidem notas, & aequo
Ductas ordine lineas videre
Nunc mihi videor, quibus iocofos
Scribebas numeros Damonis, atq;
Montani, viridi calens iuuenta:
Iam tū, cùm Oppida Montis Orbiaui, et
Fortiairegeres. mihi vnde pernas ,
Cafeos, pyra, & oua miſſitabas:
Dum fratrem puer optimum, an parentem
Dicam? illum vnanimem tui fodalem ,
Sectarer ſtudij ducem, ac magiſtrum.
Non ignota loquor tibi: fed ò quàm
Iucunda haec animo eſt, eritá́ ſemper
Recordatio temporum, & locorum ;
Sortita eſt vbi noſtra tam beatum
Ortum amicitia, vt decem peractis
Luſtris ſe incolumem, atq; parte ab omni
Integram hactenus exſtitiſſe iactet.
Quot verò addere vel dies , vel annos
Decrerit ſuperûm Pater, nefas eſt
Nobis quaerere: debitas at illi
Ore, & pectore gratias agamus
Accepti memores. & hoc pfecemur ,
Vitae vt curriculum annuat ſupremum
Nos pic, atq; decenter expedire:
Quod vere diuturnioris aeui
Bunum eſt praecipuum, ac mage expetendum.
　　　MDXCV. Mart.

Oliuerius
Giga.

QVID

Ad Librum suum.

QVID nigrae opprobrium fugis liturae,
Vel acri impofitas notas ab vngue
Rudis pagina tandiu perhorres?
Ah cur non mage fibilum vereris,
Et rifus iuuenum procaciores?
Nunc ergò potius mei fodalis
Feras iudicium fubire, aduncos
Quàm multo in populo pauere nafos.

IVLII SIGNII

Ad ANTONIVM GIGANTEM.

QVòd te Roma colat, miretur, non ego miror;
Ingenio miros fufpicit illa viros.
Quòd GABRIEL retinere fua te geftiat aula,
Quid mirum? doctos hic fouet, ornat, alit.
Quòd fit amabilior, nullus te carior vno,
Hoc tua vult virtus, lingua diferta, fides.
At fatis id nequeo mirari, clare poeta,
Cur tua non promas aurea fcripta, GIGAS.
Prodeat ille Liber, celebri quem laude CAMILLVS
Extulit, & quem omnis voluere lector auet.
Cultum profer opus, tibi quod dictauit Apollo:
Sic alios vates, vincere teq́ potes.

Vr

CARMINA HENDECASTLLABA. 249

Ad IVLIVM SIGNIVM.

VT nullum expellis veniétem ad limina Petri
Maxima Roma, Orbis totius alma parēs:
Sic quoq; me ignotū excepit, retinetq́, negoci
Expertem, nec quis sim, rogat, vnde, domo.
Munificus pascit seruum PALBOTVS inertem,
Saepius & rheda dignat, & alloquio.
Apparent rari veteres mihi in Vrbe sodáles,
Nec iuuat obsequio deinde parare n:uos.
Odit Musa senem, stylus aret, dextera friget,
Sola animum recreat lectio, parua tamen.
En meus hic status, & multum diuersus ab illo,
IVLI, quem nimius fingere suasit amor.
Non tamen esse alium contendo, vel anxius opto;
Obstat nanq; aetas, ingeniumue magis.
Hoc monet, vt viuam paruo contentus, at illa
Vertere iam me alió, spemq́, animumq́ iubet.
Hinc mihi et ille, boni excierant qué iussa CAMILLI,
Ardor sub gelido pectore pressus hebet:
Scilicet edendi mea carmina, pergis at ipse
Torpentem lepidis extimulare modis;
Et dulces libuit cantus adhibere Camoenae,
Queis sera Cyclopis frangere corda vales:
Nedum te magni, vt par est, facientis amici
Aures, atq; animum flectere, quò ipse velis.
Saepe etiā eximius mihi idem SPANNOCCHIVS vltrò

Gabriel Card. Palzotus.

Camillus Palzotus Senator.

Kk   Con-

Consuluit, longas increpitatq́ moras.
Cur non ergò libens, vel non inuitus, amori
    Iam faciam veſtro, consilioq́ satis?
Pareo vtriq; : librum vobis en dedo, tenebris,
    Luceuè ſit dignus, vos ſtatuiße decet.
Me penes haud aegrè latuit; nunc deſi nit eße
    Iſte meus, veſtri poſtmodo iuris erit.

IVLII SIGNII Ad ANGELVM SPANNOCCHIVM
    Iuriſconſ. Celeberrimum.
    In ANTONII GIGANTIS Poemata.

CORPOREAM molem vaſtã, inſanosq́ GIGAN-
    Priſca aetas auſus, impia facta refert.   (TVM
    At liber hic orbi teſtatur, noſter vt alto
Ingenio praeſtans ſit, calamoq́ GIGAS.
Tentantes illi superum reſcindere Caelum,
    Senſere irati fulmina dira Iouis.
Hic verò certans veteres aequare Poetas,
    Et rhytmos illis surripere, atq; ſtylum;
Immortale decus Studijs acquirit honeſtis,
    Quoq́ latere magis vult, minus inde latet.
Tergemina virtute, altis ceu Montibus aſtra
    Scandit, & vt Phoebus fulget vbiq; nouus.
Palladis vnus amor, Themidis lux, ANGELE Diuũ,
    Gratia, SPANNOCCHI, semper habenda tibi.
Nam tua Suada monet, monitis & flectit amicis,
    Vt tam praeclarum proferat auctor opus.
            ..F I N I S.

www.ingramcontent.com/pod-product-compliance
Lightning Source LLC
Chambersburg PA
CBHW031346020726
47499CB00005B/1420